引きこもり
令嬢は
皇妃になんて
なりたくない！
Hikikomori reijou ha kouhi ni nante
naritakunai !
～強面皇帝の溺愛が
駄々漏れで困ります～
3
百門一新
Illust.双葉はづき

エレスティア
エンブリアナ皇国の皇妃。脱・引きこもりを掲げて魔法も公務も特訓中！
「まだ、今日はジルヴェスト様に抱きしめられていません」
新米夫婦のふたりは、
今日も不器用に愛を重ねていて――

『俺の妻が愛らしすぎる！』
ジルヴェスト
エンブリアナ皇国の皇帝。エレスティアを溺愛する心の声が駄々漏れで!?

Contents

Hikikomori reijou ha kouhi ni nante
naritakunai !

引きこもり令嬢は皇妃になんてなりたくない！

Hikikomori reijou ha kouhi ni nante naritakunai !

強面皇帝の溺愛が駄々漏れで困ります

3

百門一新

Illust.双葉はづき

Isshin Momokado
Presents

プロローグ　皇妃は長い眠りの中……

誰かが、呼んでいるような声がする。

起きてと、目を開けてと――でもエレスティアは嫌だった。

何もない暗闇の中、宙に浮かんでいる彼女は怖い夢に両手で耳を塞ぎ、目を強く閉じて丸くなる。

前世でエレスティアはある国の姫だった。戦況が劣勢の中、終戦と和平を約束する代わりに敵国が出した条件は、『王の正妻に姫を寄こせ』というものだった。

初めてその記憶を思い出した時から、起きている時、そしてとくに夢の中で前世の光景を一つずつ鮮明に思い出したりした。

今も、そうだ。

『そんな、このような条件はあんまりですっ』

『我々への侮辱です！　金髪が側室にいないという理由で――』

『もう何人もの女性が捕虜として囚われています――』

王の正妻に姫を寄こせという知らせが届いた時の、城の人々の騒ぎは悲痛に満ちていた。

間もなく聞こえた前世の自分の声に、心がギシリと痛む。

『いいのです。幸い、私以外に金銭も土地も要求されていません――』

自分一人で済むのなら、と。

人々の悲しみの涙。侍女たちも泣き崩れていた。けれど自分だけは涙を流してはいけないと、気丈に振る舞った。

前世の自分がいたある日の光景。見ているだけで心が張り裂けそうになり、エレスティアは目を閉じ、じっと過ごす。

そうすれば怖い夢も、見ずに済むから――。

「夫と新婚旅行に行くのだろう？　だから、目を開けなさい」

今度ははっきりと聞こえた。覚えのない男性の声だ。しかしどうしてそれを知っているのだろう。

（そう、新婚旅行に行く話をしていたのだわ）

けれど、記憶が混乱している。

また引きずり込まれそうになった前世の記憶を拒絶し、エレスティアの意識は闇の深いところまで沈んでいく。

「君に、夫の声が届けば一番よかったのだが。……心配しているぞ。彼もまた君の目覚めを待っている」

離れていきかけたその声にふっと興味を引かれ、彼女は問う。

自分とジルヴェストを知っているのだろうか。

（あなたは、誰？）

「私の名は――古代王ゾルジア」

暗闇の中、その声は意識のより深い場所へ沈もうとするエレスティアの手をつかまえ、引き留めるかのようにそう声を響かせた。

第一章　思いもよらない新婚旅行のお誘い

エンブリアナ皇国の王都にて、地面に走った大きな鳥の影に気づくなり、誰もがふっと顔を上げた。

「おぉっ、皇妃陛下のお戻りだ！」

「なんと美しい鳳凰《ほうおう》型の心獣なのだろう……！」

「この皇国で唯一無二の形をした大きな心獣《しんじゅう》なんだぜ！　かっこいいよな！」

「ああ、魔法師として憧れるよ」

「濃い魔力が我々にも黄金の粒子になって見えるとは、さすがは最強のオヴェール公爵《こうしゃく》家のご令嬢だ」

そんな声援と憧れの眼差《まなざ》しを向けられているとは、上空にいる本人は気づかない。

大きな心獣の背に乗る華奢な彼女が向かう先は、宮殿だ。

宮殿の正面広場で待機していた騎士たちが、その姿を認めて動く。

「皇妃陛下のお帰りだ！　場を開けよ！」

騎士たちが左右の庭園側へと人をどける。

そこに、黄金色の巨大な鳳凰は真っすぐ向かった。その背に――波打つハニーピンクの長い髪を風になびかせ、エレスティア・ガイザーはいた。

（人を吹き飛ばしてしまわないように着地よ）

【御意】

心で思うだけで鳳凰化したピィちゃんが答え、翼を大きく広げてふわりと減速する。

日差しを遮ったその全長に、魔法師たちから感嘆の声が漏れた。

エレスティアはピィちゃんと共に宮殿の正面広場に着地した。

ピィちゃんの背から降りると、振り返り心の中で『解除』と唱える。それだけで鳳凰は黄金色の光を放ち、その姿は見る見るうちに小さくなる。

「ぴぃ！」

「お疲れさま、ピィちゃん」

黄金色の小鳥になったピィちゃんが、両手を差し出したエレスティアに嬉《うれ》しそうな声を上げ、その手のひらの上に身を収めた。

心獣は、散策を好む性質を持っている。

通常の心獣は白い狼《おおかみ》の姿をしているので散歩するとしたら地上だが。――その好き、嫌いも彼らをますます『生物なのか？』『魔力の意志なのか？』と不思議な存在にさせている。

大陸には他にも魔法国家があるが、この皇国では魔力によって魔法を使う特殊能力者を魔法師と呼んだ。心獣とは、強い魔法師が持つ守護獣のような存在だ。

心獣は、強い魔法師が生まれるとその胸から誕生する。

彼らは主人である魔法師の器に収まりきらない魔力を預かる貯蔵庫であり、魔法師の魔力そのものだ。

同時に、守護の明確な意志を持ち、主人となら意思疎通ができた。

だから他国からも『不思議生物、心獣』なんて言われている。

小鳥姿の時のピィちゃんはそれができないが、エレスティアはピィちゃんが全身で表す喜怒哀楽も愛らしいので、言葉がなくとも意思疎通ができていると感じていた。

鳳凰化を習得してから絆とつながりが深まり、その感覚はいっそう強まっている。

(ピィちゃんも、大空を飛ぶと楽しそうなのよね)

この皇国に存在している心獣の中で、ピィちゃんは唯一の鳥型だ。他の心獣が地上を散歩するのと同じように、ピィちゃんは空を飛ぶことが好きなようだ。

とはいえ公務の日程の合間に入れられているこの飛行は、エレスティアにとっては心獣の散歩兼、飛行訓練だったりする。

すると続いて広場に降り立ったのは、一般的な白い狼の姿をした心獣だ。

「まったく、速さだけは憎らしいくらいですわ」

そう言って飛行にも適したドレスを揺らし、ハニーブラウンの髪をした美しい令嬢、アイリーシャ・ロックハルツが心獣の背からブーツを履いた足で降りる。

気の強そうな目つきさえも美を感じさせる女性だ。しかしながら彼女がそこに立つと、周りの騎士たちは上官を前にしたように緊張して背を伸ばす。

とくに魔獣の激戦区だったバレルドリッド国境。そこに赴く部隊は皇帝直属の精鋭たちだ。

その戦場に投入された女性班のリーダーであり、皇帝、ジルヴェスト・ガイザーを支える魔法師の軍人の一人として活躍しているのがアイリーシャだった。

彼女は女性の身で、父親である名将ロックハルツ伯爵と同じくらい活躍している。

魔法師は、持っている魔力量と魔法の強さがすべて。

戦闘能力に関しては、完全に訓練次第なところがあった。アイリーシャは軍人として、階級が低い心獣持ちの魔法師たちの訓練指導も担当するとか。

そのため、どんな雷が落ちるやらと屈強な男たちも彼女を警戒したのだが――。

「最高の飛行でございましたわ、皇妃！」

アイリーシャが手を握り、瞳をキラキラさせて嬉しそうに言うと、騎士たちが一斉に目をむく。

「あとでわたくしが見た光景を鮮明に話し伝え、絵師に描かせますわね！」

「絵を……!?　そ、それはおやめになってっ」

エレスティアも騎士たちと同じ反応をした。

「あら、どうしてですの？　王都の皆がうっとりと見上げておりましたわ。私の目に焼きつけましたから、その時の光景を提供して差し上げようと思っています」

すると周りで見守っていた令嬢たちが、途端にアイリーシャを応援する声を上げる。

「アイリーシャ様！　新作楽しみにしております！」

「見たいですわ！」

「皇妃専門誌っ、いつも拝見しています！」

エレスティアはくらりとした。

アイリーシャはエレスティアの記事を集めて本にするだけでなく、その行動力で雑誌まで発刊してしまった。

それは、ジルヴェストが彼女に許可し、彼自身が支援者となってしまったため実現した。他にも絵が出回るまでに発展していて、もういろいろと想定外だ。

（あぁあ、どうしてこんなことに……）

そんな主人の気持ちに混乱したのか、ピィちゃんが両足をぐるぐると空回りさせて、エレスティアの頬にしがみついた。『楽しくなかったの⁉』『お空最高でしょ⁉』と言うみたいにもふもふの頬を押しつける。

「ところで、早速ですが本日の点数をまとめますわね」

「うっ」

心獣を下がらせたアイリーシャが、待っていた騎士の手から、浮遊魔法で手帳とペンを自分のもとへと移動させて書き始める。

優秀な軍人でもある彼女の特訓は、スパルタだ。

「申し訳ございませんでした、今日も浮遊魔法の発動に失敗してしまいました……」

エレスティア自身、今日の飛行訓練の反省点はすでに認識している。

すると続いて心獣と共に着地した者がいて、そこから彼女の意見をすばやく否定する声が上がった。

「いえ、それはコレが悪いのでは？」

それは皇妃の専属の護衛にあてられた、皇帝の幼なじみにして騎士のアインス・バグズだ。心獣の上からアインスが『コレ』と言いながら、ピィちゃんを指差す。

ピィちゃんがその指に真っすぐ飛んで向かい、怒ったように何度もつつく。

「魔法の発動には集中力がいります。コレが右へ左へと旋回していたら集中できないでしょう」

「アインス様、ピィちゃんが指をくわえてしまいましたけど……」

「心獣と主人が息を合わせる技術が必要になりますからね」

アインスは平気なのか、話しながら手を振って指からピィちゃんを離そうとする。

「心獣持ちの魔法師は、魔法教育が始まるまでの数年間、心獣と共生するための訓練に徹しますし」

アイリーシャも困ったように頬に片手を添え、ピィちゃんを見た。

「魔法のコツだって掴む必要もございます。感情と意思が合致するような感覚が要《かなめ》、と言いますか。先に地上での発動を安定させてからの方がよさそうですわね。皇妃の魔力なら、本来は心獣の方向操作だけでなく、かなり重い物でも浮遊させられると思います。飛行技術もその頃には向上しているかと」

魔法には炎、水、風、氷、土、光、というように属性が存在している。基本的に風属性の魔法師が得意とするのが、浮遊魔法だ。

しかし、心獣持ちの魔法師は、一定以上の魔力量を持ったエリート魔法師である。複数属性を扱える者は珍しくない。それでいて、例外なく全員が浮遊魔法を会得しているという特徴もあった。

それは心獣で空を飛んだり地上を駆けたりする際、浮遊魔法が活用されているからだ。

（そう、なれるかしら……？）

今のところエレスティアの浮遊魔法は、紙を浮かせる程度だった。そこから全然進歩がなく、自信は喪失気味だ。

心獣の主人としても初心者で、いまだ基本的なこともできていない。焦りはある。

（毎日努力はしているのに基本の浮遊魔法も上達しない……申し訳ないわ）

実践担当のアイリーシャの他、基礎勉強や訓練は、魔法具研究局宮殿支部の支部長カーター・バロックが受け持ってくれている。彼は、エレスティアの父であるドーラン・オヴェール公爵の学生時代の後輩であり友人でもある。

属性によるものとはまた別に、個人の性質によっても魔法の種類に向き不向きがある。それを見極めるのも魔法を学ぶための準備としては大事だ。そのためまずは浮遊魔法の基礎と実践訓練を行っているところだ。

（やっぱり私には、父や兄たちのような魔法の才能は——）

たくさん協力してもらっているのにきちんとした浮遊魔法一つ行えないでいることを思い、エレスティアがうつむいた時だった。

アインスたちがすばやく一礼をして、数歩後ろへと身を引く。

それに気づいたエレスティアは、ピィちゃんに髪を引かれ、ハッと振り返る。

「君が戻ったと知らせを受けてな。飛んできたよ」

「ジルヴェスト様」

そこにはジルヴェストがいた。どうしてこちらに？と驚きつつも、彼の姿を見ただけでエレスティアの心は罪悪感からひととき解放される。

このエンブリアナ皇国の皇帝にして、すべての魔法師たちのトップに立つ魔力量を持った最強の魔法師だ。

深い青の瞳に、金髪が似合う眩《まばゆ》い美貌をしたエレスティアの夫でもある。

ジルヴェストはそばにいた側近に仕事を指示する。その横顔は一瞬、美しいのに人を圧倒する引き締まった強面《こわもて》になる。だが、エレスティアに視線が戻れば、彼の凛々《りり》しい端正な目元は優しく和らぐ。

「会いたかった」

結婚指輪がある左手を持ち上げられ、手の甲にキスをされる。

（か、彼の美しさには、まだ慣れそうにないわ）

エレスティアはじわじわと頬が熱くなった。

こういうことをスマートにこなすのだって、いったい彼はどこで覚えてくるのだろう。

ジルヴェストは以前は、冷酷な皇帝と知られていた。

臣下として男女を平等に扱う姿勢は尊敬されるものの、貴族女性に対してさえ容赦がないというのは有名だった。

（――の、だけれど）

結婚で宮殿に上がった際、彼の印象が違っていて驚いた。

無理に初夜を決行せずに話をしてくれた人だった。いや、そもそも彼は、エレスティアに愛の告白をしてから一転した。

「離れている間がつらくて仕方がなかった。エレスティアは？」

「わ、私も、です……」

だんだんと自分の顔が赤味を増していくのを感じつつも、正直に答える。

引きずり出されるように朝の名残惜しげなキスが思い出された。エレスティアだって、夫であるジルヴェストを今は心から愛している。

とはいえ、彼の愛情表現は、彼女には初めてすぎて困った。

「あ、あの、そろそろ手を」

そろりと引き寄せようとした手を、意図的に引き留められる。

「あっ」

「俺は離してしまいたくないな。指の一本ずつにでもキスをしたいくらいだ」

彼の唇が結婚指輪に触れ、続いて薬指の先にちゅっと二度目のキスを落とされ、赤面していたエレスティアはさらにかぁっと熱くなり、うつむきかげんになる。

数歩後ろにいるアインスとアイリーシャの存在が、大変気になる。

宮殿の正面広間には多くの貴族の姿もあった。

「まぁ、なんと仲睦まじいのかしら」

「あちらをごらんになって」

貴族たちがそう囁《ささや》き合う声が聞こえる。

エレスティアは大注目を浴びているのも恥ずかしくてたまらない。

皇帝と皇妃。二人は夫婦なので、こうした手への挨拶のキスくらいで恥ずかしがる必要はない。だが、ジルヴェストは二十八歳で、妻に対する誠実さにおいても申し分なく、立派な大人の男性だった。

それに対してエレスティアは、まだ十七歳だ。

彼相手に恥ずかしさを抑えるどころか、彼の方を見ることさえままならない。

この国では、とくに貴族は魔力量で人を見る。

魔力が発現するまで、エレスティアは自他共に認める引きこもり令嬢だった。

ゆえに、男性への接し方だって慣れていない。

だから皇妃として『脱・引きこもり令嬢』を目指し、公務と共に社交を始めた。

あれから、もう何十人と知れず異性と言葉を交わしたのだが、いまだジルヴェストの対処法は掴めないでいる。

「共に空の散歩は叶わなかったが、少し庭園を歩かないか？」

嬉しい提案に、エレスティアは目をぱっと輝かせた。

ジルヴェストが途端に、安心したように目を優しく細める。

（あっ、私の緊張を察してくださったんだわ）

彼女はまた恥ずかしくなる。

ジルヴェストは心の底からエレスティアを愛してくれていた。夫婦として距離を縮めていくことも、彼は考えて進めてくれていた。

「さあ、行こうか」

うなずいたエレスティアの肩を、ジルヴェストが抱き寄せる。

ピィちゃんが嬉しそうに周りを飛んだ。自分の心を反映しているのかしらと思って目で追い、エレスティアはまた密《ひそ》かに頬を赤らめる。

「アインス、アイリーシャ嬢、同行せよ」

「はっ」

二人が声を揃え、あとに続く。

元々同行していた護衛騎士たちがその後ろについた。

（すごく大人なのよね）

エレスティアは、自分を自然に散歩へ誘ったジルヴェストに感心する。やはりそこもまだまだ彼にかなわないと感じる点だ。

多くの貴族たちが注目する中、正面広場の東側の高い生け垣に囲まれた庭園へと進んで、入り口のアーチへと向かう。

そこに到着すると、護衛騎士たちが止まった。

「周辺へ配置せよ」

一人が部下たちに指示する声が、アーチをくぐったエレスティアの耳から遠ざかる。

ここは宮殿の東棟に続いていた。二階の渡り廊下をくぐると休憩用のベンチなどが置かれた別庭園へと出るのだ。

(あら？　他には誰もいないみたい)

普段なら優雅に庭園の鑑賞を楽しむ貴族や、宮殿の勤め人が気晴らしで歩く姿も見られる場所だった。

珍しく他の話し声も聞こえてこない。静かだ。

(もしかして……ジルヴェスト様は、ここを歩く予定を先に立てていらしたのかしら？)

ふっと推測が浮かんだ時、アインスとアイリーシャが立ち止まった。

二人はここまでのようだ。左胸に手をあてて、頭を下げる様子をエレスティアは肩越しに見た。

(やっぱり先に打ち合わせでも行われていたみたい)

距離が開いていく二人の姿をつい目で追いかけていたら、ふと、手をつながれる感触がして胸がはねた。

「飛行はどうだった？」

「え、ええ、とても充実していました」

隣のジルヴェストに顔を覗《のぞ》き込まれ、どきどきしつつ答えた。

「話を聞かせてくれるか？」

「もちろんです」

充実していたのは本当だ。

彼と思いが通じ合い、妻として生きることを決めてからずっと毎日が満たされている。そんな思いで、エレスティアは自然と微笑みを浮かべて彼に答えた。

心獣は主人と一心同体。気持ちが伝わったのか、ピィちゃんが嬉しそうに飛んできた。エレスティアは指先にピィちゃんをのせ、楽しかった飛行のことをジルヴェストに話した。

彼が話を聞いてくれることにも胸は弾む。

そして話を聞こうと、彼が歩調をゆっくりにしてくれたことも、嬉しい。

「――そうか。絵画は俺も賛成だ」

ジルヴェストがつないでいない手を顎《あご》にやる。

「あとでアイリーシャ嬢に絵師を紹介しなければな」

思案するその横顔は、真面目だ。

(王族御用達《ごようたし》の絵師をわざわざ……)

エレスティアは反応に困ってしまった。

最近、この二人がタッグを組むと止められないことは理解した。幼なじみのアインスがいつも苦労しているからだ。

（アイリーシャ様が訓練指導役に正式指名されてからいろいろスピード感が）

と思った時――。

『手をつないだが、子供っぽく思われないだろうか？　さりげなく彼女の手を取り、腕を組んでもらうように導いた方がよかったか』

彼の悶々《もんもん》と悩む心の声がどこかから聞こえた。

（えっ）

口にした言葉とはまったく違う、ジルヴェストが〝今考えている〟ような内容に驚く。

エレスティアは、同時に、心の声が聞こえてくるとはまったくの想定外で、あまりにも不意打ちだったので動揺して、うっかり彼の手を強く握ってしまった。

『エレスティアが俺の手を⁉　まずい、かわいいな。そうか手をつないで正解だったのか、それはよかった。彼女にはまだこちらの方が安心できるのかもしれないな、どんどん信頼してくれると嬉しいんだが』

むふふと胸の中でつぶやく彼の声が聞こえてくる。

そんな作戦があったらしいというような憶測など、エレスティアは思い浮かべる余裕がなかった。

彼は、エレスティアに会うために文字通り飛んできたのだろう。そうわかって大急ぎで視線を巡らせてみると、捜していたものが目に留まった。

（き、来たわ！）

つい、心の中で叫ぶ。

歩いてきた通路の途中から、大きな黄金色の心獣がのそりと顔を出した。

このエンブリアナ皇国では、心獣は〝白い〟狼の姿をしているのが一般的だが、皇帝陛下の心獣は唯一、黄金の毛並みをしていることで知られていた。

色に関していえば、エレスティアの魔力の発現と共に〝ピィちゃん〟が誕生したことで状況は変わり、数ヶ月前から唯一ではなくなっている。

とはいえ国内外を含め『大きな黄金の狼の守護獣』『大きな黄金の鳥の守護獣』と、互いに皇国で一頭ずつしかいない心獣を持った皇帝夫婦だと話題になっている――のだとか。

その情報提供者はアイリーシャだ。

外国からの招待の話もかなり多く届いているようだが、そこは宰相《さいしょう》や外交大臣に任せている。

（私は、遠くへは行けないから……）

一瞬、エレスティアはそこに気を取られた。

ジルヴェストと、心獣で大空を飛ぶ楽しさを知った。飛んでいる時の解放感も、ピィちゃんのおかげで感じられた。

引きこもりだったけど、彼ともっとたくさんのものを見られたら――。

今ではそんな気持ちを抱くようになっていた。

外へ行くのは怖いことではない。出会ってくれたジルヴェストのおかげで、エレスティアは自分が見てこなかったこの皇国の美しさにも気づけた。

『横顔が神秘的だ。実に愛らしい』

聞こえた心の声に、エレスティアはハッと現実に引き戻される。

『唇を奪った際の反応を見てみたいと思うが、さすがに今は自制した方がいいよな』

「ひゃっ」

思わず反射的に隣の彼を見上げた。

「エレスティア？」

「い、いえっ、なんでもありませんわ」

エレスティアは慌ててつないでいない方の手を振った。

そのかたわら、不思議そうな表情で見下ろしてくるジルヴェストの心の声が、そばまで来た彼の心獣から引き続き漏れ出ている。

『愛らしい唇を俺のものでくすぐって悪戯《いたずら》してしまいたいな、反応も絶対にかわいいだろうな。一度ここで喘《あえ》がせてはだめかな？　いや、しかし世界で一番大事にしたい。夫としてエレスティアに嫌われたくないから対応も慎重にしなければならないし、うーん』

この平然とした様子で、そんな思いを巡らし続けているのか。

（も、もうやめてー！）

なぜ、心の中は甘々な夫なのだろうか。

喘がせるという彼の言葉に想像を膨らませて赤面すると同時に、エレスティアは自分の夫が世界で一番素敵すぎて赤面する。

そもそも、どうして自分だけ、夫の心獣の胸元から心の声が聞こえてしまうのかわからない。

『いや、話さなければいけないことがあるから、やはり自制すべきだ。そうしないと俺が彼女をぞんぶんに愛《め》でることに意識が向いてしまって、この大切な話もままならないだろうしな。うむ、実に悩ましい』

（えっ、話？）

その心の声を聞いて、エレスティアはハタと我に返る。

何か、仕事の話があったのだろうか。

そうだとすると、人払いがされている状況についても腑《ふ》に落ちる。

『とはいえ――抱きしめてはいけないだろうか？　抱きしめるぐらいは許して欲しい、まずは彼女にものすごく癒やされたい気分だ』

心の声が心獣からダダ漏れになるのは困りものだが、こういうことを知ることができるのは利点ではあった。

ジルヴェストはなかなか苦労を顔に出したり、弱音を吐いたりしない。

（これからするお仕事の話で、何かお疲れが？）

いまだエレスティアは、皇妃としての仕事のすべてには協力できていない。公務や執務を手伝い始めてから、彼の仕事量はかなりのものだと改めて実感していた。

夫を癒やすのも、妻の大事な役目だ。

誰にも甘えることができない皇帝を一人の男性として受け入れ、そばで支えられるのは自分だけ。

エレスティアは心を決めると、立ち止まって彼に向き合った。

「どうした？」

引き留められたジルヴェストが不思議そうに見つめてくる。

彼と見つめ合うと、さらに緊張して心臓がばくばくしてきた。

（恥ずかしい……けれどがんばるのよっ、私っ）

彼を癒やすのだ。そう思い、エレスティアはジルヴェストをぐっと見上げた。両手を広げてみせると、彼が目を瞬《またた》く。

「エレスティア?」

「まだ、今日はジルヴェスト様に抱きしめられていません」

正面から互いに抱きしめ合うことはしていなかった。

それを告げながらも、子供っぽい言い方をしてしまったかなと心配になる。

けれど、なかなか切り出せないジルヴェストの思いをくんで、抱きしめやすいようエレスティアがどうにか考えた方法だった。

するとジルヴェストが、口を手で覆《おお》い、一歩後退した。

『俺の妻が愛らしすぎる!』

大きな黄金色の毛並みをした彼の心獣から漏れてくる声が、大音量になる。

主人の心の声をタダ漏れにさせている張本人なのに、気のせいか彼の心獣は、冷めた目でジルヴェストを見下ろしている気がした。

『まさか彼女は、俺がしていたから抱きしめられるのが癖になったとか? ――待て待て待てっ、俺の妻のかわいさに磨きがかかって心臓が大変なことになりかねん!』

それは困る。

(この国の皇帝には、健康でいてもらわないと)

前皇帝夫婦は、実子である十代のジルヴェストを一人残し、急逝した。

そう思い返していたエレスティアの頭の上で飛んでいたピィちゃんが、彼の心獣の方へと飛んでいく。

「んんっ――エレスティアは、俺に抱きしめられたいのかな？」

ぎこちない咳払《せきばら》いと共に、彼がちらちらと忙《せわ》しなく視線を送ってくる。

その瞳は、期待の輝きが宿っているように見えた。

犬の耳と尻尾が生えているように見えるのは、引き続き彼の心獣が垂れ流しにしている心の声が聞こえ続けているせいだろう。

『もう一度聞きたいな、言ってくれるかな？　残りの仕事もとてもがんばれるぞ！』

「………………」

クールな見た目とは違い、彼の心の中は大変騒がしい。

でも――と思って、エレスティアは笑みをこぼした。

（とても、かわいい人だわ）

怖いと思っていた皇帝が、実のところ怖くないとわかった出来事の一つでもあった。

彼は、前皇帝夫婦が急にいなくなってしまった国民たちの不安を払拭しなければならなかった。その苦労は前世、姫だったエレスティアにも想像できた。

皇帝として国を導かなければならない責任感。

それが彼を感情面で不器用にした。自分と結婚したことで彼が感情を少しでも取り戻せていっているのなら――嬉しいことではある。

「はい、……私はジルヴェスト様に、抱いていただきたいです」

その瞬間、ジルヴェストが空を見た。

エレスティアは、言葉では追いつかない彼の膨大な感情が映像となって心獣から流れ込んでくるのを感じた。

一瞬、何やら薄暗い部屋とベッドが――。

「きゃっ」

だがそれは、ジルヴェストに抱きしめられたことで霧散した。

「エレスティア！　かわいい俺のエレスティアっ。君が言葉の使い方をうっかり間違えたのはわかるが、今のは、強烈すぎる」

何が、どう強烈だったのか。

苦しいくらい彼の胸に押しつけられたエレスティアは、頭の上にいっぱい疑問符を浮かべる。

そもそも今は、どきどきして考えるどころではない。

皇帝として身なりを整えたその衣装越しにも、引き締まった男性の体を感じられた。彼の胸がどきどきと鳴っているのも聞こえる。

（ジルヴェスト様も、緊張されて……？）

彼の心獣の存在を思うと、余計に胸がどぎまぎするのも事実だ。

こうしている時に、彼から男性なりの感想などを聞かされたら、エレスティアこそ心臓がどうにかなってしまうだろう。

と、彼の抱く腕の力が増した。

「キスをしても？」

首元に埋められた彼の唇から、吐息交じりの声が聞こえて心拍が急速に上がる。

心の声は、心獣から聞こえてこない。

つまりは、本音だ。

(彼の口から直接聞くと威力がすごいわ)

自分の心臓がどっどっと大きな音を立てているのがわかる。

こういう時はさりげなく奪ってしまってもかまわないのだろうが、そうはしない彼の優しい気遣いも、エレスティアの胸をきゅんきゅんさせる。

「は、い……」

答えると、ジルヴェストが腕の力を弱めて目を合わせる。

熱のこもった視線に胸がときめいた時には、彼の美しい顔が、エレスティアの上へと落ちてきていた。

ここにいるのは二人の大きな心獣と小さな心獣だけ。じーっと見つめてくる彼の心獣を気にしつつ、エレスティアはジルヴェストからのキスを受け入れる。

「ン……ん、ぅ……」

優しくついばまれて体の緊張がほどけていく。

そうするとジルヴェストが両肩を掴み、キスを深めた。

「んっ」

次第に、互いの唇が濡《ぬ》れていくのがわかる。

『吐息がかわいい、何もかもかわいい、全部柔らかい――』

心獣から聞こえる声に、エレスティアはどきどきが止まらない。

何度目かの甘い合図のように上唇をはまれる。誘われるみたいに彼女が唇を開けると、優しく熱が差し込まれた。

「ん、ふ……んぁっ、は……っ」

後頭部に大きな手が回り、逃げる舌を追いかけられる。

「エレスティア」

人には絶対に見せられない情熱的なキスをしてくる彼に、咥内を官能的にいじられて体の奥が甘くじんと疼《うず》く。

彼がキスするだけでも尋ねてしまう理由は、エレスティアもなんとなく察していた。

それは結婚式があった日の初夜で、自分があまりにも怯《おび》えていたせいだろう。

彼は、それを気にしている。

（もうあなたには怯えていないと、伝わっていきますように……）

そんな思いで、恥ずかしいけれどエレスティアも舌を伸ばす。

「あっ、ン」

ちゅっと舌根を吸い上げられ、体からぞくんっと力が抜けた時にジルヴェストが慌てて支えた。

「すまない、つい……」

つい、のあとに何が続くのか気になった。

だが、待っても彼の心の声は聞こえてこなかった。

いつの間にか心獣たちがそばを離れている。安全だと思って近くを歩きに行ったのだろうか。心獣は気まぐれだ。

（でも、どうして力が入らないのかしら）

前世では閨《ねや》関係で痛いことしか記憶にないエレスティアは、とろんとした瞳で、不思議そうにジルヴェストを見上げる。

「あー、その……答えはいつか教える」

質問を察したのか、彼が悩ましい表情で視線を逃がした。

「そ、そろそろ行こうか」

「は、はい」

言いながら肩を抱かれた。そんな姿勢で改めて視線を合わせると、エレスティアは彼と揃って気恥ずかしさを覚える。

彼は公務の合間だ。長居はできない。

頬がほかほかする感覚を覚えつつ、ジルヴェストの歩みに合わせて足を前に出す。

（少しお時間を共にできただけで、幸せだもの……）

彼が彼女の肩を抱き、手を取る。そんな二人の姿は仲睦まじい夫婦そのものだ。包み込まれるような温《ぬく》もりにエレスティアの胸は高鳴り続けている。

この庭園を抜けたら宮殿に上がれる道があるから、きっと彼とはそこまでなのだろう。

（そこまでご一緒できるのなら）

密かに、そっと夫の胸元に寄り添う。

エレスティアは上にある二階の渡り廊下にふっと目がいって、思い出した。それは宮殿と東棟を結ぶものだ。

（そういえば、さっき、話さなければいけないことがあると言っていたわ）

心の中での声だが、確かに聞いた。

人払いもして場を整えていた。何か大切な話なら、それとなく自分が引き出すべきだとエレスティアは思う。

「先程は私のお話ばかりで申し訳ございませんでした。何か、お仕事で私も協力できることなどありませんか？」

それとなく話を振りつつ見上げると、なぜだかジルヴェストが動揺したように顔を背ける。

「ジルヴェスト様？」

「すまない、君があまりにもかわいい——んんっ。そうだった、実は話があってな」

彼はようやく思い出したのか、足を止め、エレスティアと向き合う。

「実は、し……」

「し？」

なぜだか彼が声も出ないまま口をぱくぱくとし、それから見事に黙り込んでしまった。

（もしかして、そうとう大事な話だったのかしら……？）

エレスティアは緊張した。ジルヴェストはかなり悩ましそうに顔を上に向け、「あー」「その」と珍しく口ごもっている。

皇国内で何か大きな問題がなかったか、エレスティアは急ぎ思い返す。

直近で自然災害の申告も入ってきていない。外交も円滑だと、先日の大会議でも報告を受けたばかりだ。

（新たに国交が結ばれ、友好関係が深まったファウグスト王国のことも、私の方では引き続き第四王子とは仲よくしておいて損はないと、各大臣からも意見を聞いたばかりだし――）

そもそも第四王子との手紙のやり取りを心配する声が、どうして一部の貴族から出たのかまったく見当がつかないでいる。

それが貴族会議の議題に出た時には、エレスティアは想定外すぎてきょとんとしてしまったのだった。

（でも、それもこれも違うとしたら、いったいジルヴェスト様にはどんな悩みが――）

数秒の間に考え、エレスティアがさらに深く思案に入った時だった。

「ぶわっはははははは！」

二階の渡り廊下から大きな笑い声が聞こえた。

気のせいでなければバリウス公爵の声だ。

父の友人にして、親愛なる『おじ様』である大貴族、エドリーク・ドゥ・バリウス公爵。噴き出した声は「ぶひゃひゃひゃ」と続き、まるで腹を抱え笑い転げているかのようだ。

しかしこれまでバリウス公爵が笑い転げる姿など見たこともない。あまりにも意外でびっくりし、二階の渡り廊下の方を見ようとしたら、ジルヴェストがエレスティアの両肩を掴んで自分に向き合わせた。

「エレスティア」

「は、はい」

見つめる彼の表情は真剣で、ついエレスティアも気を引きしめる。

「新婚旅行を考えている」

エレスティアは、その打ち明けに目をぱちくりとした。

告げたジルヴェストの口元が、直後にひくつく。

「……バリウス公爵のせいで、締りのない打ち明けになった。最悪だ」

「旅行ですか？」

「ああ、そうだ。そろそろ俺たちの新婚旅行はどうかと思っ――」

「よいのですか⁉」

エレスティアは前のめりになって夫の腕を取り、若草色の目を輝かせた。

彼女は今、エンブリアナ皇国内において〝重要人物〟になっている、そうだ。だからしばらくは外に出られないだろうと思っていた。

「君はいいのか？　かなり大人数での移動と長期滞在になるが」

ジルヴェストが、意外そうにエレスティアを見る。

「私が引きこもりだったことを考慮してくださっているのですか？」

「そうだ。家族とも領地と王都の間以外の移動は、ほとんどなかったと聞いた」

「そうです。でも、かまいません、嬉しいです」

「嬉しい？」

「はい。私、ジルヴェスト様と一緒にどこかへ行けるのが嬉しいのです」

彼が、そのブルーの目をゆるゆると見開く。

「……俺と？」

「はい。だって、ずっとジルヴェスト様のそばにいてよいのですよね？」

公務は別々が多い。

本来なら一人でこなしてこそ当然の立場ではある。

だが、エレスティアはできる公務が増えるに従って、ジルヴェストと一緒にいられない時間を寂しく感じるようになっていた。

夫婦として共寝もしているが、未知の魔力の件もあって、ジルヴェストと身は結んでいない。

それが彼女を恋人同士のような気分にもさせているのだろう。

ジルヴェストの口から旅行と聞いた途端、エレスティアの胸は、恋人から旅行の提案をされた時のように弾んだ。

「ジルヴェスト様としばらくずっと過ごせるのも初めてですねっ。本で読んでいた外国の土地に、あなたと一緒に訪ねるのが楽しみです」

エレスティアは引きこもっていたから、外国を旅行するのは初めてだ。

「どちらへ行かれるのかは、もう目処《めど》が立っているのですか？」

どこかほうけていたジルヴェストが、ハッとする。

「あ、いや、その、君の意見を聞きながら決めていこうと思っていたところで……」

「まぁっ、嬉しいです」

エレスティアは両手を合わせた。にこにこして見つめていたら、ジルヴェストが口元を片手で覆い、視線を横に逃がしてしまう。

「あら？　いったいどうされましたの？」

ジルヴェストが、何やらぷるぷると震えている。

「……君が、あまりにもかわいいことを言うからだ」

ようやく答えたかと思ったら、言葉を切り出すと共に彼の横顔があっという間に赤く染まっていった。

「ずっと一緒にいたいと、君がそう望んでくれていたと受け取って無性に心が弾んでしまった」

「あ」

まさに、その通りだ。

そうエレスティアが自覚したのと、ジルヴェストが確認すべく言葉を発したのは同時だった。

彼の視線を受けて、エレスティアもまた耳の先まで真っ赤になる。嬉しさのあまり自分の方こそ心の声がダダ漏れになってしまった。

「……その、だな」

「……はい」

恥ずかしくて、視線を上げられない。

「そういうことであるのなら、新婚旅行の話を進めてもかまわないか？」

「も、もちろんです」

互いに赤面で、ぎこちなくそう話をつけた。

皇帝夫妻が揃っての外国旅行となると、新婚旅行とはいえ外交も絡めて場所が選ばれるだろう。

それでも、ジルヴェストがエレスティアのことを考えて選んでくれるだろうということはわかる。

だからエレスティアは、どの国になるのだろうと彼からの相談を楽しみいっぱいで待つことに決めていたのだが――。

旅先探しは、まるで事情を察知でもしたかのような一通の手紙で終えることとなった。

【新婚旅行がまだなら、私のシェレスタ王国に来るはどうだい?】

そんな提案が書かれたワンドルフ女大公からの手紙が届いたのだ。

先日まで、彼女は国賓としてこの国にしばし滞在していた。

その際に交流を深めることができたエレスティアと、その夫であるジルヴェストを共に自分の国に招待したいのだとか。

その手紙を、エレスティアは呼ばれた皇帝の執務室で見た。

「皇帝が二の次になっとる……なんと大胆な手紙……」

「これ、皇妃様は気づくだろうか……?」

「わからん、ワシは皇帝から女大公のスパイが皇国内にいないか調査を依頼された……仕事が増えて余計に気が重い……」

皇帝の執務室に集まっていた国の偉い方々が口々にぼやくが、その一方で手紙を読むエレスティアの表情は、次第に緩んでいく。

「以前招待してくれたお返しがしたいだなんて……こちらの方がお返しすべきですのに、ワンドルフ女大公様らしいですね」

手紙によると、国をあげて歓迎する構えだという。

彼女ならやりかねないなと、エレスティアはふふっと笑みをこぼす。

シェレスタ王国の豪胆な女領主にして、男装姿の麗人であるワンドルフ女大公。華やかな場がとても似合う人なのは、まだ記憶に新しい。

バリッシャー砂漠の件があったファウグスト国のことでは、彼女のおかげで事がスムーズに運んだ。

ファウグスト国王に伝言だけ残して立ち去るなんて、エレスティアはかっこいい女性だと思ったのだった。

あのあとお礼の手紙は送っていたが、彼女には直接会ってお礼が言いたいとずっと思っていた。

「えーと……それでは皇妃様は、この案に賛成ということですね？」

「ワンドルフ女大公様じきじきのお誘いですもの」

外交大臣の確認に、エレスティアは便箋から顔を上げてにこやかに答える。

すると彼も含め、揃ってここで彼女の返答を待っていた宰相たちが、かなり気にした様子で視線を移動する。

そこにはジルヴェストの姿があった。なぜか、いっそう眉を寄せている。

「ジルヴェスト様？　もしかして、いけませんでしたか？」

エレスティアがしゅんとした瞬間、彼がすばやく執務席から立ち上がった。

アインスをはじめとする護衛騎士たちが視線で追いかける中、ジルヴェストが足早に移動し、エレスティアの片手を両手で包み込んだ。

「そんなことはない」

「そ、そうでございましたか」

以前、彼がワンドルフ女大公に嫉妬したことは覚えている。

この提案は個人の感情を抜きにしても重要なものだ。

断らない方が皇国のためにもなる。以前よりは少し落ち着いたようだし、彼とワンドルフ女大公が仲よくなるいいきっかけにもなるのではないかとエレスティアは思うのだ。

だが、ふと、エレスティアは室内が静かなことが気になった。

「……もしかして、皆様の中にはよくないと考えているご意見がありましたか？」

外交情報も一通り頭に入れ直したのだが、それは少し古いものだっただろうかと心配になって室内の者たちへ目を向ける。

宰相が「いえいえっ」と大急ぎで答えてきた。

「我々も大賛成です。手紙に提示されていたのは、断るのがもったいないほどの待遇で、両国の友好関係を示すのにも絶好ですし――ひぇっ」

ジルヴェストを見た宰相の反応を見る前に、エレスティアは先の返答を受けて、安心して手紙に目を戻していた。

「よかった。文書だけのお礼では、失礼な相手ですもの。国王の確認印まで押されて正式発行されていますから断る方が失礼になりますし」

ワンドルフ女大公は、大国であるシェレスタ王国の国王の側近であり、三分の一の政治力と軍事力を動かすことのできる権力者だ。

国内だけでなく、他国にも強大な権力と実力を示して名が知られている。

それだけの領地を持った女領主を、エレスティアは他に知らない。

この新婚旅行は、エレスティアにとってはバリッシャー砂漠の件で対面したファウグスト国王に続いての、他国の要人との正式な外交デビューともなる。

その一番目が大国というのも、幸先のいいすべり出しともいえるだろう。

国をあげての歓迎といった条件も、外交面を考えてもかなりいい。

エレスティアとしては、見知った人がいる外国というのも安心感があった。

「ワンドルフ女大公様に、直接お礼が言えるのも嬉しいわ」

殿方みたいな話し方や態度でぐいぐい来るのには困らされたが、また会えるのだと思うと笑みが浮かぶ。

彼女はピィちゃんをなんとも愛らしいと褒め、エレスティアにぴったりだと言ってくれた人でもある。女性たちの社交の場でも、彼女には救われた。

「おぉ、皇妃様の一言で、皇帝陛下の冷気が倍増ですな……」

「嫉妬満々ではありませぬか……」

「水を差された気分なのだろうな……」

ああ、わかる、と皇帝と皇妃を見守る全員が口を揃えた。

「ジルヴェスト様も、シェレスタ王国を訪問されたことがあるのですよね？」

「ん？　ああ、もちろんあるが」

「私も、ジルヴェスト様が訪れた国に行ってみたいです」

奇妙な間を置き、彼がにっこりと微笑む。

「エレスティアが望むところが一番だ。行き先はシェレスタ王国にしよう」

宰相たちがころっと一変した彼をまじまじと見た。アインスが「嫉妬を抑え込んだ笑顔」と、苦労を予感したような声でつぶやいていた。

新婚旅行の準備が進むことになった。

出立は二週間後に確定した。

あちらの国はここと季節がズレており、一足早く初夏の社交シーズンに入ったという。心獣に乗って各国の上空型の転移魔法装置を通過すれば、短時間で過ごしやすい気候の大地へと到達するようだ。

ちなみに出立したその日のうちに入国できるのは、移動最速を誇る〝心獣〟のみだ。

魔法の杖といった魔法道具や、自身の転移魔法に頼っている者たちからすれば、目をむく〝非常識な〟皇国の常識だった。

手紙の返事を魔法で受け取ったワンドルフ女大公も、知らされた出立日と到着日が同じであることに『さすが！』と感心していた。

だが褒められたというのに、どこか圧を感じさせる笑みでその手紙を見ていたのはジルヴェストだ。

「どうされたのかしら？」

「さ、さあ、わたくしには今はなんとも……」

王の間から先に退出したエレスティアは、ピィちゃんと共に出入り口のそばで待ってくれていたアイリーシャにこそっと尋ねた。視線ごとはぐらかされたうえ、移動の護衛としてついていたアインスもそこには答えない姿勢を取ってくる。

「皇妃、お手紙の返事をされたら仕立て屋との打ち合わせです」

アインスはそう言って話をすり替えてきた。

とはいえ、そうだったと思い出されたエレスティアは、きちんとそれに間に合わせる予定でいたので、まず自分に与えられた執務室へと向かった。


そこには皇妃宛てに多くの手紙がまた届いていた。

大抵はパーティーの招待状や、ご機嫌取りの挨拶がほとんどだ。

アインスとアイリーシャは邪魔しないよう黙ってエレスティアを補佐する。そして二人は、エレスティアが手早くそれらを処理するのを感心して眺めていた。

（あっ、あったわ）

最後に大事に取っておいたのは、エンブリアナ皇国との国交代表者となった隣国ファウグスト王国の第四王子、エルヴィオ・ファウグストからの手紙だ。

彼の国にあるバリッシャーは長年砂漠だったが、エレスティアの魔法により、大昔と同じく雨が降る大地に戻った。

そもそもエレスティアが隣国の問題を解決するきっかけとなったのが、ルビー色の髪と目をしたその国の王子様だ。

その一件から、エルヴィオだけでなく、彼の父である国王や、他の王子王女たちも頻繁に手紙を送ってくるようになった。

大魔法つながりで自分たちの国のことを教えようと、季節ごとの空気感や風景について綴られた手紙は、まるで書物を読んでいるかのようで、読書好きな彼女をわくわくと楽しませている。

「――返事はこれでいいわね。こちらもお願いしますね」

個人から個人への手紙だ。エレスティアは自分で大事に封筒へ入れて仕上げ、侍女に手渡す。

「確かに、文官へとお渡しいたします」

受け取った侍女が、微笑みながらも少しだけ心配そうにする。

（またたわ）

エルヴィオも含め、エレスティア宛てに届くファウグスト王国からの親身な手紙は、いつも侍女たちの表情を少しだけ曇らせる。

「何か私、不安にさせてしまっていますか？」

「あ、いいえっ、そんなことはございませんわ」

侍女たちが揃って否定する。

「ですが、皆様なんだか心配そうです」

「懇意になりたいと言わんばかりの皇妃様宛ての手紙ですので……皇妃様のお力のすごさを察している国民たちは、隣国があなた様を欲しているのではないかと心配されているというか……」

まさかと思ってエレスティアは笑い飛ばした。

彼らの国は、エレスティアが持つ大魔法『絶対命令』を過去に持っていた唯一の偉人、古代王ゾルジアの出身地だといわれている。

同国にあるバリッシャーは大昔、砂丘のオアシスだったが、激怒した古代王の大魔法によって一瞬で滅びてしまった。

そして雨も降らなくなり砂漠と化した。

それ以来そこは【呪われた土地】と言われてきた。

何が起こったのか歴史にも記録されていないが、雨が降らない事実は、彼らにとって長い悲しみと苦しみでもあっただろうと理解できる。

そんな中、古代王ゾルジアが持つ大魔法が長い時を経てエレスティアの中によみがえり、雨を降らせたのだ。

砂漠の呪いが解けたので、ファウグスト王国の国民は彼女に同胞のような親近感を抱いているのだろう。

「さっ、終わりましたら続いてはドレスですわ！」

助けを求めるような侍女たちの視線を受けて、アイリーシャが前に出て言った。皆ほっとすると、一人の侍女が「手紙を文官へ渡してまいります」と言い、退出していく。

「早速ご移動ください、エレスティア様」

公式の場以外では、アイリーシャは引き続き名前で呼んでくれていた。エレスティアも嬉しくなって立ち上がる。

「そうですね。ピィちゃんのこと、見てくださっていてありがとうございます」

「ふふ、いいえ。お菓子をあげていれば、ひとまず大事な書面に悪戯をしてしまうことがないとわかったのは大きな一歩ですわ」

「心獣なのにまるで猫のしつけのようですね」

アインスが、アイリーシャがエレスティアへ両手で差し出したピィちゃん――ではなくアイリーシャの横顔へ目を向ける。

「つきっきりではないとわからないことですよね」

「あら、何が言いたいのかしら」

爽やかな笑顔を貼りつけたアイリーシャが振り返り、彼女とアインスの視線がぶつかった。その瞬間、そばに控えていた侍女たちの笑顔がこわばり、緊張した空気を漂わせる。

「訓練指導役の身で、でしゃばらないでくださいませんかね。正直私は迷惑しています」

アインスがきっぱりと告げた。

あからさまにその細められた目も口調も刺《とげ》がある。皇妃の執務終了を受け、外から扉を開けた騎士たちも固まっている。

「あら、わたくしもほぼ護衛騎士みたいなものですわ」

「開き直らないでくださいませんかね。後宮にも出入りされて、迷惑です」

アインスのこめかみに青筋が小さく浮かぶものの、アイリーシャはまったく相手にせず、かえって胸元の金色のバッジを見せつけた。

「皇帝陛下から許可は得ていますもの」

アイリーシャは先日の鳳凰化の特訓指導を経て、ジルヴェストの許しを得、護衛騎士とほぼ同じ権限で皇妃のもとへ自由に出入りができるようになった。

彼女は時間があれば後宮に立ち寄り、短い休憩のお茶の相手もしてくれている。

こうして今いるのも、実はまったく予定にない行動だ。

「その日程表、わたくしにも共有してくださいな」

「嫌です」

「わたくしの方がスケジュール管理は完璧ですわ！　一部、軍事関連のことで父と共に皇帝陛下と仕事をしていますし」

「その優秀さは存じ上げておりますが、エレスティア様がおかわいそうなので」

「どういう意味ですの⁉」

やはり二人は仲が悪いのではと、侍女たちが小さく言葉を交わす。

アイリーシャは、とにかく気が強い。

先日後宮に突撃してきた際に、皇帝から与えられた特注のバッジを、わざわざ喧嘩《けんか》を吹っかけるみたいに堂々とアインスへ見せつけていた。

『ほーっほほほ！　ほぼ護衛騎士みたいなものですわ！』

『そんな、ない胸を突き出して主張されても効果ありませんが』

なんてアインスも珍しく文句を交え言い返していた。

後宮にいる皇妃つきの侍女たちも、二人の仲の悪さを少し心配していた。宮殿内でもしきりにそう噂されているとか。

だが、たぶん仲は悪くないとエレスティアは思うのだ。

ピィちゃんの鳳凰化の成功も、二人のコンビネーションのおかげだ。

二人が皇妃である自分を引き続き『エレスティア様』と呼び、手を差し述べてくれることにも救われている。

「ふふ、ひとまずは移動しましょうか」

エレスティアはピィちゃんを肩にのせ、二人の間に割って入る。それぞれの手を取って誘ったら、二人は面白いくらいおとなしくなった。

「……エレスティア様、私は男ですのでそうされるのはどうかと」

「わたくしは嬉しいのですが、その、心の準備が」

まるで乙女のように恥じらい、アイリーシャが発言する。アインスがそう言った彼女へ『あ？』と言いたげな顔を向けていた。

また喧嘩になったら他の者たちを困らせることは予測できる。

「私、アイリーシャ様がいてくださって助かっていますよ。ありがとうございます」

ひとまずエレスティアは二人を執務室の外へと導きながら、アインスの視線をアイリーシャから引き離すつもりで彼女に話を振った。後ろから侍女たちも続く。

「正面からお礼を言われるのはこそばゆいですが……ええっ、わたくしだってあきらめていませんとも！　わたくしは野心があるのです。これで満足はしません。目指すは、貴族初の女性専属護衛騎士です！」

「え」

それはどうだろう、と思ってエレスティアは相槌《あいづち》に窮する。

先日、彼女の父であるロックハルツ伯爵とはジルヴェストの執務室で会った。

『あの子が一人の女性として嫁ぐことが願いですが……、先日もドレスより剣を欲しがられまして……頭が痛い……』

そう彼が漏らし、居合わせた他の将軍たちが同情して励ましていたのを見た。

「ロックハルツ伯爵のお力を借りるのは、やめていただきましょうか」

アインスがすばやく言った。

「あら。わたくし、使えるものは使いますわ」

まさか本気で、虎視眈々《こしたんたん》と女性護衛騎士の計画が進められているのだろうか。

そのやり取りを聞いてエレスティアは心配になった。その肩でピィちゃんがのんきに「ぴぃっ」と楽しそうに鳴いた。

第二章　新婚旅行準備と迷惑な発明品

仕立て屋と待ち合わせていた大きな部屋に移動してからは、必要なドレスの新調や入り用の品の話し合いなど忙しかった。

「新しいドレスも用意しませんと」

「こちら、夏向けに新調なさいますか？」

シェレスタ王国への新婚旅行の準備期間。

その間も公務は入るが、それは皇帝であるジルヴェストに限った話だ。

エレスティアは、数日は職人たちの来訪に対応するのがほとんどだった。元々入っていた予定は変更ができないので行うものの、新規の公務は入らない。

予定分が済んだのち、皇妃は〝出立前休暇〟というものに入る。

その話を聞かされた時、エレスティアは『えっ、休暇？』と疑問が浮かんだ。

(ジルヴェスト様が甘やかしすぎなのではないかしら……？　そういう休暇ってあったかしら)

皇妃なのにお休みをもらうなんて、いいのだろうか。

エレスティアは心配した。

しかし、休暇にはそれなりの根拠があるとのことだった。

新婚旅行で長く他国で過ごすことになる。さらに、これまでで一番の長距離移動だ。身を休める期間として旅行前に皇妃の休暇が設けられるのだと、宰相から改めて説明を受けた。

どうもしっくりこず、エレスティアはジルヴェストに再度説明を求めたが、彼も宰相と同じことを言っていた。

やはりただの贅沢ではないかと気になる。

だって、新しいドレスや装飾品、シェレスタ王国で過ごす夏の入り用品をすべて注文し終えたら、あとは仕上がりを待つばかりで、時間を持て余してしまう。

(私も、何か宮殿の役に立つことをした方がいいのではないかしら)

気にして、居合わせる各分野の者たちに休暇の必要性について何度も確認してしまった。

「贅沢ではない」

そんな悩みを真向から即打ち消したのは、後宮の応接室で会った、エレスティアの父で公爵のドーラン・オヴェールだった。

「無能だと思われてしまうこともないだろう。その決定は宮殿の総意であり、皇室からの発表を受けて国民たちも納得している。安心できるか?」

「皆様がそう願っているのなら……」

「優雅に振る舞い、宮殿の顔になるよう努めて政務にはほとんど携わらない妃もいる」

「うっ、そうかもしれませんけれど」

他に意見はないだろうかと求め、視線を横にずらすと、ドーランの隣に長男リックス・オヴェールの姿がある。

エレスティアの兄である彼は、氷属性の魔法を得意とし、第三魔法師団の師団長を務めている。

ジルヴェストとはまた雰囲気の違った、クールな印象の美しい男だ。紅茶を持つ姿はとても優雅で、軍服の威圧感をまったく感じさせない。

彼は軍人としても有名だが、公爵家の後継ぎとして育てられ、貴族の礼節も完璧だった。

（お兄様が何も言わないのは、同意を示しているんだわ）

エレスティアも他国の妃の生活についての話は、歴史書でもたくさん読んできた。

子を産むためだけに妃として召し上げられた代わりに、それ以外の時間は贅沢をして楽しく暮らし続けたという話もよく聞く。現代も少なくはない。

結果として政治がよくなったのか、王のためになったのかは語られていないので、わからないが。

「でも、ここへきたばかりだった頃のようで、慣れないのです」

エレスティアは身内に正直なところを吐露した。自分が焼いたクッキーを食べている父と長男を上目遣いで見やる。

「お前が優秀なのも、考えものだな」

ふっとリックスの口元に笑みが浮かんだ。

彼の発言を聞いて、ドーランが「確かに」と言って笑い大きな肩を揺らした。

「予定していた執務を昨日までにすべて終えてしまうとは、そこもお前たちの母によく似ているよ」

エレスティアが生まれる前、母は学校の講師をするほど優秀な魔法師として活躍していたそうだ。

二人の兄を育てながら、公爵家の妻と戦闘魔法師を両立する彼女を多くの人々が尊敬していたと、父から何度も聞かされた。

母の屋敷の女主人としての内政もすごかったらしい。

執務する光景に、そんな母の面影もあると言われると嬉しい。

だがエレスティアは、もっとたくさん話したい気持ちをぐっとこらえる。

そばを離れている護衛たちも、ドーランたちが転移魔法の装置をくぐらなければならない時間になったら呼びに来てしまうだろう。

「話し合いは円滑でございましたか？」

「おお、そうだった、その話をしなければならなかったな」

ようやくドーランがクッキーを食べる手を止める。

大男なものだから、指でつまんでいるクッキーが銅貨のようにしか見えないから不思議だ。そしてエレスティアは、公爵家にいた頃からその光景をとても愛していたから表情がほころんだ。

本日、ドーランとリックスは宮殿で開かれた大会議に出席した。

それは新婚旅行について皇帝を筆頭に、軍人たちが集まった話し合いだ。

ドーランは話し合われたことを共有するため、同席していたリックスを連れ、後宮に立ち寄ってくれたのだ。

ドーランの話によれば、護衛部隊に加わりたい気持ちは山々だったものの、皇帝が不在の間の宮殿の留守番をジルヴェストじきじきに指名されたそうだ。

「『娘を見守りたいんだが』と我儘《わがまま》を言うのは、難しい雰囲気になってしまってなぁ。だから、まぁ、結論から言うと私は同行できなくなった」

父の愛情深さに、エレスティアは嬉しくて、くすぐられたような笑みを漏らす。

「じきじきのご指名だなんて、栄誉あることですわ」

「まぁそうだな。魔獣がいつ国内に入ってくるか、監視も怠れん」

大隊長を任されているドーランは、バレルドリッド国境を任されていた。

今は魔獣たちが国内に入れない大魔法が作用しているが、もしそれが解けた際には、彼の炎属性による大魔法が砦となる。

——エレスティアの大魔法〝絶対命令〟。

かつて、今ある多数の国々が一つの超巨大国だった頃にいた偉大な大王。その中の一人、古代王ゾルジアが持っていたものと同じ大魔法だ。

しかしこれまで『無制限にあり続ける魔法』というのは、皇国内で確認されていなかった。

転移魔法だって定期的に魔力を注がれ、整備されている。

魔法使いの国であるファウグスト王国で『雨が降らない』というバリッシャー砂漠の事例が初めてである。

バレルドリッド国境での魔獣大討伐に駆り出された際、魔獣たちをすべて国境の外へと追い出し、中に入らない状況をつくったエレスティアの『絶対命令』。彼女が存命の間は効き続ける魔法とは推測されているが、全国境の各部隊によって日々念入りにチェックされていた。

そもそも魔獣も、謎が多い害獣だ。

昔から研究が続いていたが、ファウグスト王国から提供されるようになった古代王の資料にて、当時の魔法についても研究が進められることになった。

（カーター様たちは、大喜びだったみたいなのよね）

父の話を聞きながら、研究オタクのカーターのことをふっと思い返す。

その現場をエレスティアは見ていないのだが、ファウグスト王国から使者団が訪れた際、大歓喜して資料を持ち出し、『残された皇帝陛下が珍しくしばし黙り込んでいた』という話が宮殿内で囁かれていたのを耳にした。

「護衛団には、お前の兄たちを推しておいた。他国へ行くのなら、知っている者が身近にいた方がいい」

「ありがとうございます、お父様」

「いやいや、こちらこそ久しぶりの手作りクッキーをありがとう」

ドーランが、嬉しさがこらえきれないと言わんばかりにしまらない笑顔で、クッキーをまたしても口に放り込む。

「ふふっ、足を運んでくださると昨日手紙が届いたので、嬉しくて自分で焼くことにしたのです」

「お前の焼くクッキーは、世界で一番の味だ」

大仰に褒められて気恥ずかしくなる。

エレスティアは、見守っている侍女たちから微笑ましい視線を向けられているのをひしひしと感じていた。

外では『最強大隊長』『冷酷公爵』だとして恐れられているドーランは、子供たちを溺愛していることでも知られている。

忙しいのに、屋敷が宮殿に近いからと娘を気にしてたびたび顔を出すことについては、社交界でもとっくに知られている。

親心への配慮か、ジルヴェストが国境から帰還し、報告に来たドーランを夕食会に招き、共に食事をしたこともあった。

当初あった誤解も、ずいぶん解けたとエレスティアは感じていた。

「護衛団入りが確定になりそうだから、お兄様も挨拶でいらしてくださったのですね」

「たとえお前への報告がなくても、立ち寄ったよ。かわいい妹だ」

リックスが珍しく柔らかい微笑みを見せる。

氷の貴公子と社交界で言われているが、彼もまた家族の事であれば妹思いの優しい兄だった。

「それにしても、ギルスタンお兄様は参加されなかったのですね」

彼も第五魔法師団の師団長として活躍しているので、エレスティアは不思議に思う。

「代わりに彼の副師団長を召喚させた——俺が」

「……リックスお兄様が？」

「あいつがいて話し合いの緊迫感が途切れてはいけない。今回の話し合いは、全員が真剣に臨むべきことだ」

相変わらず、仕事に取り組む姿勢は尊敬する。

エレスティアは、仲間外れにされたギルステンがかわいそうなので、クッキーの土産を持ち帰ることを提案し、二人の了承を受けて侍女に包むよう頼んだ。

「ところでエレスティア？　その、なんだ、父から一つ確認したいことがあるのだが……」

「はい、なんでしょう？」

ドーランに視線を向けると、大きな体を縮こめて何やら珍しく彼の視線は落ち着かない。

「あーその、だな……母親もおらず、我が家にはお前と同じ女性の存在がないだろう？」

「そうですね」

唐突だと感じつつも、エレスティアはそわそわと視線を逃がしているドーランに答えた。

「私は男であるので、エレスティアも相談しづらいことなどはあると思う」

何やらドーランが、胸の前で両手を合わせて太い指をくっつけたり離したりする。

リックスは気にする様子もなく、ようやく邪魔されずに済むと言わんばかりに、クッキーをつまんで紅茶を味わっている。

「先日の様子からすると、無理をしていないかと気になってな。ずっと確認しようとは思っていたんだが……」

「無理、ですか？」

はて、いったいなんのことだろう。

エレスティアは、いつのことであるのかも推測ができず、首をひねる。

「ほら、軍人相手に毎夜相手をするなど、小さくて細いお前には負担があるだろう」

「はい？」

一瞬、なんのことか本気でわからなかった。

そもそも大柄なドーランに比べれば、どの令嬢も『小さすぎる』になるはず、なんてことをエレスティアは思ってしまう。

「皇帝陛下の溺愛っぷりを見ると、毎日夜伽《よとぎ》をご所望されているようだが。いいかエレスティア、皇帝の望みを断るのは罪でない、きつい場合には無理をせず断るのも時には――」

「え、えええぇぇえっ！」

なんの話をされているのかようやくわかり、エレスティアは真っ赤になってらしくない大きな声を上げてしまった。

口をぱくぱく動かすエレスティアに、ドーランが視線を逃がして言いづらそうにクッキーをぱくりと食べる。

「うむ、お前の反応はよくわかる。男親である私が言っていいものか悩みに悩んだのだ。だが、家族だからこそ私がやはり言うべきだろうと思ってな。……あと、今日も少し見えているぞ」

ぼそりと最後にそう言われたエレスティアは、首筋の、彼が指摘しているであろう箇所を手で正確に押さえた。

そこには、昨夜つけられたキスマークのうちの一つがある。

最近、ジルヴェストは遠慮なくキスマークを残した。それはエレスティアが受け入れてくれているとわかっているからだろう。

就寝前のキスをする際、熱が高まると、彼はつい見えるところにもしてしまうようだ。

（……も、もっと襟ぐりが詰まってるドレスを着なくてはっ）

今朝もドレスを着る際には隠すことを意識していたつもりだったが、ドーランほどの大きな男には見えてしまうらしい。

エレスティアは父に見られた恥ずかしさに、そこを手で押さえたままぷるぷると震える。

「も、申し訳ございません」

「いやっ、仲睦まじいのは大変いいことだ」

「エレスティア、父上の心配はあまり気にせずともいい。新婚なのだから、よくあることだ」

リックスはそういう認識のようだ。

「朝も問題なく動いているところを見るに、皇帝陛下も大切にし、ご配慮してくださっているのはわかる」

「そ、そう、なのですね」

「もしかしたら皇帝は、夜伽の証拠を残しておいた方がお前の身をもっと守れると考えたのかもしれないぞ？　『愛で方が大人同士のそれではない』とか、『皇帝陛下は愛らしい少女を膝《ひざ》に抱っこして満足しているだけ』など、ありもしないことを言う輩《やから》がわずかにはいる」

エレスティアは笑顔でごまかすしかできなかった。

（それ――事実です）

膝に抱っこしてジルヴェストが満足しているのは事実だ。

就寝前、たびたびベッドの上でもされているその構図を改めて思い浮かべてみると、二十八歳の皇帝としてはどうかと思われるかもしれない。よく言えば、二人の関係はまさに健全そのものであると言える。

そもそもジルヴェストと、夜伽はない。

輿《こし》入れの時、二人の間で初夜はなされなかった。

ベッドで何もなかったというのは、嫁いだ女性にはかなり失礼な対応だ。

までであると知った宰相たちは、エレスティアの家族に知られたら大変なことになるのではと、隠す方向で決めていた。

もちろん、ようやくジルヴェストと和解してくれた家族のことを思えば、エレスティアも伏せておくことには賛成だった。

「休暇で時間を持て余すことを心配しているのなら、本でも贈ろうか。いくつか伝手《つて》がある」

リックスが優雅に腕を組み、美しい目でじっと見つめてきた。

アインスと同じく無表情だが、見慣れているエレスティアには、その視線に気遣いがあるのを感じていた。

「いえ、大丈夫です」

「ふうん？　お前がすぐ断るのも珍しいな。本だぞ？」

「リックス、心配しすぎだ。本の話に食いつかなかったのは、カーターがいるからだろう」

ドーランに言われて、リックスは王宮にいる『父の古書収集家の後輩』を思い出したようだ。

「ああ、なるほど」

「そうなんです。カーター様はいつもよくしてくださっています。しかも大変貴重な古書を驚くほど多く収集されているのですっ」

そこにちょっと興奮してしまったエレスティアに、リックスが組んでいた腕を解いて椅子の背に身を預ける。

「いつものエレスティアでなんだか安心したよ……父上、彼は研究室を私物化しているのか？」

「あー……学生時代もそうだった。バロック家は国内でも三本指に入る大富豪だ、しかも後を継いだ弟がブラコンというか、研究費として莫大な予算を支援している。カーターは跡取りとして育てられたから頭だけはよく回る。バロック家の領地経営の実質的な指示を彼が行っているからだろう」

我が家とはそんな関係性にあったらしい。

（ご家族の話はあまりされないから、今のは聞かなかったことにしておきましょう）

もしカーターが話してくれることがあれば、その時に彼自身の口から聞いたことについて十分理解し、友好を深めていこうとエレスティアは思った。

「少しバタついていて一週間以上足を運べていませんでしたから、時間ができましたし、今日にでも行ってみようと思っているのです」

「読書ついでに、というよりはメインが訓練なんだろう？」

リックスが椅子の背にもたれ、腕を組んでやや不満そうに言う。

「おとなしく与えられた休みを満喫するのも大事だぞ」

「まぁまぁ、生真面目さはお前に似たんだろう」

ドーランが笑って紅茶を喉に流し込む。そろそろ席を立つ時間のようだ。

だが、リックスは納得がいかないらしく、答えるまで居座るぞと言わんばかりにエレスティアをひたすら見つめてくる。

「私には、訓練が必要なのです」

エレスティアは苦笑して本音をこぼした。

「得意系統が判断できるくらいの魔力を、まだ使いこなせていなくて」

「それも不思議だな。魔法発動時に見た際の集中力は素晴らしいと感じた。基本はほとんどできているのではないか？」

「いいえ、それが実践訓練では全然……」

エレスティアはため息交じりに言いながら、リックスへ首を横に振ってみせた。

ドーランが、興味を引かれたように椅子に腰を落ち着け直した。

「初級魔法はいくつか基本魔法が固定されている。エレスティアは、今どんな魔法を？」

しばし考えたリックスが、顎を撫《な》でながらエレスティアへ問う。

「私は浮遊魔法から始めました。心獣がいる魔法師なら、大抵そちらから基礎の感覚を掴んでいくと。カーター様たちも、それがいいと同意してくださいました」

するとドーランが「なるほどな」と悩ましげな表情で吐息交じりに言い、続ける。

「エレスティア、もしかしたらそれはお前には難しいかもしれない」

「え？」

「防御魔法からいくとうまくいって自信にもなるかもしれない。そうであれば科目を変更してもらうのも、一つの手だ」

「で、ですが、浮遊魔法は心獣持ちの魔法師の基本なのですよね？」

「大抵の魔法師は意識していないが、浮遊魔法は、正確に言えば〝攻撃魔法〟に分類される」

エレスティアは意外に思った。

ドーランが困ったような顔で微笑む。

彼の話によれば、浮遊魔法は魔力で攻撃の位置をコントロールするため無意識に使われているのだという。高度な技術を持つ魔法師になると、浮遊魔法だけでも幅広い攻撃ができるので、攻撃魔法自体の幅も格段に広くなるそうだ。

「エレスティア。魔法は、感情に魔力をのせることで放たれるのだ」

「感情……」

それは、たびたび聞いた言葉だった。

「お前は確かに『絶対命令』という強大な大魔法を生み出す魔力を持っている。さらに、その魔力量からいっても一般的な魔法師より使える魔法の数が多い可能性はある。だが――エレスティアは、心の優しい子だ。相手を傷つける気持ちで魔法は放てないだろう？」

ドーランが気遣うような笑みをこぼしながら言う。傷つけたくない気持ちがあるから使えないと、彼は推測しているのだろう。

エレスティアは、浮遊魔法がうまくいっていないことの説明がつく気がした。

「お父様、一つだけ確認したいことが。……私の性格から攻撃魔法はうまく使えないだろうとは、多くの人たちが思っていたりしますか？」

「ああ」

ドーランは、短く答えた。その言葉に嘘はなさそうだ。

「そう、ですか……」

宮殿内の移動の際、アインス以外にも護衛騎士たちがつくようになったのも腑に落ちる気がする。発言力を持った貴族たちも『今はできるだけ遠くには行って欲しくない』というようなことを考えていると、バリウス公爵が先日エレスティアに打ち明けていた。

（それは私が攻撃魔法を受けた場合、自ら攻撃魔法を放ってそれを相殺できないことを見越してのものだったのかも……。あの時は『絶対命令』も使いこなせていなかったし。新婚旅行で外国に出てもいいと判断されたのは、ピィちゃんの鳳凰化も受けてのことなのかもしれない）

強国であると一目置かれているエンブリアナ皇国。その皇妃が結婚後しばらくしても他国に顔を出さないのも問題になるだろう。

魔法は、使い手の気質に左右されるところもあって、向き不向きがあるのはエレスティアだって知っている。

魔法は複雑ゆえ、魔法師のレベルも様々なのだ。

代々受け継いできた魔力の質、個人の素質によって発動できる魔法は異なる――さらには魔力量や才能だって魔法師のレベルを左右する。

その中で、全属性の魔法を使いこなすことができ、魔法数皇国一位であるのが皇帝のジルヴェストだ。その魔力量も皇族歴代で最高だと言われている。

彼は、最強の魔法師が王だと、国民たちを安心させていた。

（……それなのに私は、攻撃魔法を使えない……のかも）

父に問われた際、一瞬で『放てません』という答えが心に浮かんだ。誰かを傷つける気持ちで魔法を、なんて考えたことがない。

浮遊魔法でさえ、うまく使えないでいる皇妃。

それに対して、攻撃も防御も使いこなし、使用できる魔法数も皇国一位と言われている皇帝。

彼を思うと、エレスティアは胸のあたりが重くなった。

「……お父様、リックスお兄様、私はたった一人でがんばっているジルヴェスト様を支えられるようになりたいと思ったんです」

だから魔法も使えるようになるべく、基礎訓練も怠らず努力し続けているのだと、エレスティアは打ち明けた。

「彼と同じように国民たちを守りたいと思いました。でも……攻撃魔法なしで、防御魔法に偏った状態でもそれができるのでしょうか？」

「心配ない。エレスティアにもできる魔法を、探せばいい」

リックスが力強い声で、迷わずそう告げてきた。

「ギルスタンが父上の炎に憧れているのに、できないと悩んでいたある日、風魔法で解決策を見いだしたように」

以前まで、風魔法は強いと認識されていなかった。

それが、ギルスタンの練り上げる魔力量と、応用されたオリジナルの風魔法が皇国内の意識を変えたのだ。

風でも力を込めれば建物を吹き飛ばし、魔獣をまとめて一刀両断する。

ギルスタンのそのあとの努力については、ずっとそばで見てきて知っている。

エレスティアも、リックスの話を聞いて、確かに努力あるのみだと思えてきた。

「そう、ですね。努力を続けます」

浮遊魔法も発動はできた。

紙くらいの重さが自分の限界だというのなら、あとは応用を利かせられるよう、コントロールの性能を高めることに集中しよう。

（しようと思えば、磨きをかけられるところはきっとあるはず）

限界だから、といってそこであきらめなくていい。

きっとエレスティアも、努力の先に、自分なりの魔法があるはずだ。

「リックスお兄様、それからお父様も、ありがとうございます」

エレスティアが微笑みかけると、二人が嬉しそうに破顔した。

（きっと、もしかしたらいつか役に立つかもしれない）

魔力があるからといって、どんな魔法でも使えるわけではない。地道に魔法発動の訓練をして技術を高めながら使える魔法を探そうと、エレスティアは前向きに取り組むことを心に決めた。

エレスティアはこの日、ドーランたちが帰ったあとの時間を新婚旅行に持っていく荷物のリストを最終確認するのに使いきった。

あとは仕上がったドレスなどの到着を待つだけになり、エレスティアもすっかり肩の荷が下りた。


翌日の朝。

「エレスティア様には休んでいただきたいですから、わたくしが責任を持って準備させますわ！」

ジルヴェストと入れ違いで後宮にやって来たアイリーシャが言いきった姿を、アインスが真顔で眺めた。

「なんですの？　不服そうですわね」

「いったい誰の許可を得て副官のようなことを――」

「皇帝陛下ですわ」

アインスは口をつぐんだが、その顔に『あとで覚えてろよジルヴェスト様』と見えたのは、きっと自分の気のせいだろうとエレスティアは思いたい。

というわけで、仕立ての進行確認や荷物の到着確認は、アイリーシャが請け負ってくれることになった。

そうしてエレスティアはアインスを連れ、魔法具研究局へと足を運んだ。

「ようこそ皇妃！　今日はブルーのドレスがまた素敵ですね！」

扉を開けたのは副支部長のビバリズだ。

男性にしてはやや背丈が低く、未婚のおじさんだと本人は気にしているが、態度や表情の変化が豊かで、そのうえ親近感を覚える人柄のよさも持ち合わせている。

顔を合わせるなり、両手を上げて大歓迎してくれて、エレスティアも自然と笑顔になった。

「ふふ、私のことはエレスティアでいいですよ」

「いえいえ、あちらに皇帝の護衛騎士たちもいますしね」

ビバリズは口元に手の甲をあててこそっと言う。その友人みたいな気さくで明るい調子が皇妃に対するものではないように思えて、エレスティアは嬉しくて一緒に小さく笑った。

皇帝付き護衛騎士たちは、いつも魔法具研究局の前に立って警備している。

室内で何か起こった際には突入するのだろう。

それをエレスティアは当初申し訳なく思っていたのだが、ビバリズも含め、魔法具研究局宮殿支部のみんなは『室内からは見えないし、気にしない！』と言いきったつわもの揃いだ。むしろ力仕事が出てきたら使おうと笑って話していた。

これからも、これまでと変わらずエレスティアと仲よくする姿勢だ。

それがエレスティアも嬉しくて、ここは心の拠り所の一つにもなっていた。

ピィちゃんもアインスも歓迎だとビバリズは続いて言うと、「どうぞどうぞっ」と室内へ招き入れてくれる。

「こんにちは」

「いらっしゃい、エレスティア嬢。父君からもよろしくと昨日言われたよ」

そこにはボサッとした髪に、大きな眼鏡《めがね》をかけたカーターもいた。

かなりの美貌の持ち主だが、研究に没頭していたいとのことで、女性から声をかけられることをわずらわしく思っている。厚いレンズの眼鏡と鼻にかかる前髪で顔を隠し、わざとよれよれの白い研究職用ジャケットを着ている風変わりな人だ。

カーターに続き、室内で待っていた他の局員たちも歓迎の姿勢だった。

彼らは飛んできたピィちゃんとの一週間ぶりの再会を喜んでいた。

「あ、今日はアイリーシャ嬢はいない、んだね……」

エレスティアとアインスを見比べたカーター、そしてビバリズたちもアイリーシャがいないことに気づいて、「ほーっ」と胸を撫で下ろしていた。

（彼らも苦手みたいなのよね……）

魔法実践の指導役となって以来、アイリーシャはいつも同行し、先日はエレスティアにどのような基礎訓練を行わせているのか、カーターに確認していた。

だが、彼女にとってここは宮殿内なのに異世界のようであったらしい。

彼らに身だしなみを注意したり『皇妃にその態度はなんですの！』『和気あいあいとかうらやましすぎますわ！』など、エレスティアがよくわからないことも叫んだりして、アインスに一時退場させられるなど騒がしかった。

「皆様、研究は進んでいますか？」

「もちろん。通常の仕事と平行して、楽しくさせてもらっているよ」

支部長であるカーターがにこやかに答えた。

「ただ、貴重な文献の写しだけに、エレスティア嬢がいない時も警備の目が光っているのには、毎日慣れないけどね」

カーターたちはファウグスト王国から、エレスティアの大魔法を持っていた古代王ゾルジアについての大変貴重な資料の写しをもらっていた。

魔法師であるのに、目覚めた魔力が引っ込んで閉じてしまう現象。

エレスティアの身に起こっているその現象についても、皇国内では初めてのことだった。

通常より遅い魔力の開花。十七歳で心獣の誕生、その心獣は鳥の姿――などなど、かつて確認されたことがない異例続きだ。

隣国の〝魔法使い〟であるエルヴィオの常識から言っても『魔力の数値が変わる』のは、あり得ない話だとか。

その謎について解明すべく、カーターたちは彼の国から取り寄せることができた古代の魔法にまつわる資料も併せて、さらに研究に熱を入れていた。

「残念ながら、今のところもらっている文献の写しには、魔力量が変わることに関して書かれていなかったけどね」

「そうですよね……エルヴィオ殿下もご存じないとおっしゃっていましたから」

皇国内外の常識からしても、考えられないことだ。

魔力が体内の奥深くにあるため、あの兄たちでさえもその変動について探ることができないでいる。当然エレスティアもすぐにその謎が解けるとは思っていなかった。

「ですが大丈夫ですよ！　エレスティア様！」

元気いっぱいにビバリズの顔が間に割り込み、エレスティアは、カーターと共にきょとんとしてしまう。

「地道にコツコツ、それが我々の得意とするところ！　支部長と共に、我々一同も今後もしっかりサポートさせていただきますので！」

ビバリズが腕を掲げてみせると、他の局員たちも頼もしい笑顔でうなずく。

「まぁ、向こうでエルヴィオ殿下も引き続き調査は進めてくださっているそうなので、吉報があるといいなとは思っています」

アインスが言うと、山積みになった資料をぽんぽんと叩いてカーターが相槌《あいづち》を打つ。

「古代王ゾルジアは、とくに謎だらけらしいからね。というか私たちにとって【古代王】の存在自体が、謎なんだけどね。伝承を見るに、あり得ない逸話ばかりだ」

「バリッシャーに雨が降らなかったこともそうですよね……」

エレスティアは思い返す。

「ああ。その『呪い』を実際に見ていないからなんとも言えないけど、死んだあとも魔法が永遠に機能し続けるというのも、学者たちが知っている常識とはかけ離れている。まっ、そんなことはいいんだ」

ぱっと笑みを浮かべたカーターが、体をくるりとエレスティアへと向けてくる。

前に垂らした前髪と大きな眼鏡で隠れていても、超絶笑顔なのがわかる。

「資料のおかげで面白い仮説を見つけて、その論理が正しいのか確認したくて魔法器具を開発したんだ。ちょっと付き合ってくれないかな？」

「魔法器具、ですか？」

「謎を解明するための情報が、エレスティア嬢の魔力から引き出させないかなぁと考えてさ」

その途端、アインスの眉がピクッと寄る。

するとビバリズや局員たちが彼の前に飛び出して、大慌てでカーターを援護した。

「大丈夫！　ほんと安全ですから！」

「私たちでもちゃんと試しましたっ」

「これ、来られない間の五日間をかけて、徹夜で作り上げた力作なんです！」

「楽しい徹夜作業で今朝、ようやく完成したんです！　無駄にしたくないんですぅっ！」

「そんな事情知ったことじゃありませんよ」

アインスが冷たく両断した。

「まぁまぁ、アインス様。お話を聞いてあげましょ？　ね？」

「エレスティア様……彼らの発明はあてにならない時もあるんですよ。いつも何かしらやらかすと有名です」

それは自分が嫁いでくる前の話だろうと、エレスティアは思った。

これまで何があったのかは知らない。けれどエレスティアとしては、純粋に涙目で懇願してくるビバリズたちの努力をくんでやりたかった。

カーターだって、ビバリズたちと同じく胸の前で手を組んで、必死にお願いの姿勢のままアインスに視線を送っている。

「アインス様……だめ、ですか？」

エレスティアも同じく手を組んで彼を見上げてみた。

その頭の上にピィちゃんがとまり、主人の真似をする。その、飛んできてから着地するまでも見届けたアインスが、エレスティアをじっと見下ろす。

「………それで、いったいどんな発明を？」

「やった！」

アインスに尋ねられたカーターだけでなく、ビバリズたちも声を揃え、喜んで説明していく。エレスティアは、彼らのいつにない熱量とテンションの高さを感じる。

魔法は魔力だけでなく、魔法師が持っている素質も大きく影響するため、誰にも教わっていない属性魔法や、オリジナル魔法がある日ぽんっと発動することがある。

エレスティアが初めての魔法で、『絶対命令』を発動できたのもその原理による。

そこには法則があると、カーターは語った。

「これは呪文が必須の魔法使いの国でも、強い魔力を持った者に見られる現象なんだ。これまで『素質があるから』『魔力量があるから』などなどと言われていたけど、古代王がいた時代の文献を見ていたら【魔力の記憶】という面白い記述を見つけてね」

（たったその一文だけで発明を思いつくなんて、すごいわ）

カーターたちは、エレスティアが『絶対命令』の大魔法を使うことができるその魔力に、何かしら情報が眠っていないか考えた。

そうして、今回の魔法器具を発明したそうだ。

エレスティアはすっかり感心してしまった。

「すごいですね」

「そうだろう？　この魔法器具は使用されていない魔力にも働きかけて、属性といった情報を引き出してくれる仕組みになってる。局員たちに試してもらったけど、ちゃんと反応したたし、大丈夫」

「はぁ、それだけですか？」

アインスが嫌な表情を隠しもせず腰に手をあてる。疑いの目を向けられたカーターが、すばやく奥のカーテンを開けた。

「ほら！　私たちの発明品だ！」

彼だけでなく、ビバリズたちも「じゃーんっ」と両手を広げて発明品に注目させる。

彼らが示す先にあったのは、複数の配線がむき出しのままで粗削りに見える〝発明品の魔法器具〟だ。

エレスティアは今になって、カーターたちのテンションがやたらと高いのは、彼らが徹夜明けだからなのではないかと気になってきた。

その発明品を見た時、ぱっと頭に浮かんだ言葉があったのだが、発明したと誇らしげな彼らに言っていいのかどうかためらう。

「嘘発見器のようにも見えますが」

アインスがズバリと言った。

「形は真似たよ！　予算がなかったからね！」

それについてはカーターがあっけらかんと認めた。

（やっぱり徹夜明けのテンション……）

と思いつつ、エレスティアはカーターの後ろに見える発明品へ目を向ける。

カーテンで仕切っていた先にあったのは、意外に大がかりなものだった。

中央に魔法陣が描かれていて、その周囲にたくさんのコードがついた数個の魔法器具が置かれている。

「書物の挿し絵に出てきた尋問部屋みたいな……」

「え？　なんだって？」

「いえ、なんでも」

カーターはまったく悪口には聞こえていなかったみたいで、徹夜明けの彼の状態に感謝し、エレスティアは笑顔でごまかした。

魔法陣の中心点近くには台座があった。

そこに、各魔法器具から伸びたコードが集約されているヘルメットが置かれてある。

その発明品は、被験者の魔力からいろいろな情報を数値で引き出してくれる可能性があるという。

説明を聞いたエレスティアは、見た目だけでなく、その性質からいっても、やはり嘘発見器に思えた。

「このヘルメット、皇妃にかぶってもらって大丈夫なんでしょうね」

アインスが追って質問する。

「えー、大丈夫だよー、何も問題ないから！」

カーターがははと笑って、両手を軽く左右に上げて真っ先に答えた。疑うアインスにビバリズたちも追って同じことを言っている。

エレスティアも少し心配になった。

急ピッチで仕上げられたせいで大雑把なつくりをしているせいかもしれない。試作品の魔法器具を見るのは初めてだ。

何も問題ないのか気になったものの、徹夜してこれを仕上げたカーターたちのキラキラとした様子を見ると、やはり協力することに心が傾く。

「そうですわね」

うん、と決めてエレスティアは信じることにして笑顔を返した。

「皆様の傑作ですもの。いつもの集中力の訓練の前に、こちらを試してみましょうか」

「ありがとうございます！」

カーターも含め、全員がテンション高く頭を下げてきた。

(やっぱり不安かも……)

こんな調子がいい元気な反応なんて、見たことがない。

(これを試したら、今日のところはゆっくり寝てもらいましょう)

そのためにもまずは、その魔法器具を試してみることにした。

喜んでいるカーターたちに導かれて、並んだ魔法機器たちの中央へと進む。エレスティアが魔法陣の真ん中に立つと、早速周りで魔法器具を動かす準備が進められた。

「エレスティア様、何かあれば私が斬ります」

アインスがエレスティアのそばにきて、周囲の魔法器具に触れているカーターたちに向かって腰の剣の柄をカチンと鳴らした。

「斬るって言った⁉」

すぐ近くにいたビバリズが叫んだ。

「ふふ、きっと大丈夫ですよ。私も知りたいですし」

カーターたちが発見した仮説が正しくて、もしこの魔法器具が正常に機能するとしたら謎の解明に向けての大きな一歩となる。

みんながエレスティアの魔力についても理解したいと考えている。

少しでも情報が取れるというのなら、ジルヴェストだってありがたいはずだ。

（それに、たとえば……攻撃魔法が一つだって使えない魔力ではないと数値に出てくれれば、私にも希望はあるはずで）

エレスティアは胸のあたりがぎゅっと締めつけられた。

いくら魔力量が多くても、攻撃魔法が一つも使えないとなるとジルヴェストの役に立てないだろう。

みんなを守ってくれる皇帝として、彼は国民から絶大な支持を受けている。

皇妃だから、というよりエレスティアだって守りたかった。

（何か起こった時、必要になるはず）

エルヴィオと出会ってすぐ、彼と共に彼の暗殺部隊に襲われた一件が脳裏によみがえる。

（あの時、私は……何もできなかったわ）

ドーランから『相手を傷つける気持ちで魔法は放てないだろう？』と尋ねられた時、エレスティアが覚えたのは無力感だった。

国の人々を守りたいのに、自分が持っている魔法は『絶対命令』だけ。

それはエレスティアの制御する力が尽きるまで問題の進行を止めるだけで、問題自体を解決してあげられる力ではない。

もし、またあの時みたいなことが起こったら？

攻撃魔法でなくともいいのだ。せっかく魔力がある、それなら国民たちを敵から守れる魔法が何かないか――。

その時、ピィちゃんが視界に飛び込んできて、エレスティアはハッと現実に引き戻された。

「心配しないで、少し考え事をしただけだから」

心獣が主人の心の内側もよく感じ取ることを忘れていた。

小さくて愛らしい自分の心獣を心配させたくなくて、エレスティアはピィちゃんを撫でた。

（だめね、昨日はあまり考えないようにしていたのに）

あまり考えないようにしよう。今は魔法器具を試すことに集中しなくては。

そう思った時、「用意が整ったので準備を」とカーターから指示の声がかかった。魔法陣に入っていいのは、検査の対象者だけだという。

「ピィちゃんも、離れていてね？」

「ぴぃっ」

エレスティアは、ピィちゃんをアインスに預かってもらった。

みんなが魔法陣から出たところで、エレスティアはヘルメット型の装置をかぶる。少しぶかぶかしていて位置を調整した。

「支部長！　準備完了です！」

「データ取得用の魔法記録もオンにしました！　抜かりありません！」

「副支部長、あとはお願いします！」

ビバリズがうなずき、台座の向かい側の魔法器具の前に立つカーターと目を合わせた。

「それじゃあいくよ、せーのっ」

二人が同時に言い、自信満々に装置のスイッチを押した。

その瞬間、エレスティアは眩い光を見た。

（えっ、何、まぶしくて目を開けていられない――）

そう思い、目を閉じる前に見えたのが、彼女が見た最後の光景だった。

◆◆◆

次の瞬間、魔力に反応し、エレスティアの頭上に七色の閃光《せんこう》が走った。そうして直後――爆煙を上げた。

「こ、皇妃が爆発したあああああ⁉」

ビバリズと数名の男女の声が重なる。

扉の外から「何事だ！」と騎士たちが激しく戸を叩く。

（部屋の外に、大量の魔力反応が出ている）

アインスは自分とピィちゃんの口元をすばやく覆い、煙で見えなくなった前を睨《にら》みつける。気のせいでなければこれは室外への〝威圧〟だ。

（カーター殿たちは、魔法師ではないから気づいていない）

とにかく、この邪魔な煙をどうにかしないと。そう思ったアインスは、吸い込んだ煙に咳《せ》き込まないことにハッと気づく。

「この煙も――魔力反応だ」

彼は、片手ですばやく魔法の型を取り「〝風よ〟」と風魔法の呪文を唱えた。

するとアインスの体からエメラルドの薄い光と共に風が起こり、不思議な風が室内の煙を追い払う。

「皇妃！　入ってもよろしいですか！」

「アインス殿！」

扉の向こうにいる騎士たちからうるさいくらいに問いかけがある。魔法を感じ取ったからだろう。

だが、煙が晴れた室内で、誰も、何も答えられなかった。

アインスたちは魔法陣の中央を注視していた。

「……エレスティア嬢は？　彼は、誰だ？」

カーターが、ややあって眼鏡を外してそう言った。

そこに立っていたのは、法服のような黒衣のローブをまとった美しい男だった。

胸にかかる髪は、エレスティアと同じハニーピンクだ。足元に転がっているヘルメットを見下ろした彼の瞳の色も、彼女と同じだ。

（――よく、似ている）

エレスティアの実の兄たちよりも『瓜二つ』という言葉が頭にすぐ浮かぶくらい、よく似ていることにも驚かされる。

恐ろしく感情が冷めたような落ち着きにアインスは警戒した。

◆◆◆

ずんっ、とその場を圧迫する重い魔力に宮殿の誰もが反応した。

王の間で辺境伯の謁見に応じていたジルヴェストも、そうだ。その場で起こった緊張は一瞬にして二階の吹き抜けまで覆うようだった。

「エレスティアかっ？」

「私にもそのように感じられました。この魔力量は不在のドーランには起こせないでしょう」

そばにいたバリウス公爵も、魔力発生源の方向を見ている。

魔力量が最も多いとされているのは、皇帝のジルヴェスト。続いて最強の大隊長であるドーランだと言われている。

だが、それ以上に質が『重い』と感じる魔力だった。

エレスティアが初めて宮殿内で『絶対命令』を発動した時に似ている。

しかし、空中で相手の魔力と魔法を奪った時の比でない威圧感だ。

――それは、まさに魔力による〝威圧〟だ。

身分の垣根は守りつつも侍女たちにも心を砕き、思いやるエレスティアが、そんなことをするはずがない。

「皇帝陛下、この方角からすると普段彼女が通っている魔法具研究局かと。本日エレスティア嬢が行かれるご予定だと聞いておりますが」

いつも冗談めかしているバリウス公爵の目が、真剣な光を宿して皇帝を見据えてくる。

また、魔力暴走か。

王の間にいた全員が、数秒後にはその懸念へと到達していた。

「皇妃様の魔力訓練を早めすぎたのだろうか？」

「魔力の出力調整とか……？」

「しかし、実践指導は魔法具研究局が行っていないと聞いたぞ」

一気にざわついた場を、ジルヴェストは立ち上がり、鎮めた。

「これから俺が確認しに行く。皆は警備の騎士に従い、退出を」

主人の考えを察知し、心獣が二階の窓から玉座近くへ飛び降りて、ジルヴェストが騎獣できるような姿勢を取った。

すると王の間まで到達していた莫大な魔力の圧迫感が、不意に和らいでいく。

それを感じ、貴族たちも余計に安堵が増したようだ。

「皇帝陛下が行かれるのなら安心だ」

「いったい何があったのだろうな――」

ざわめく貴族たちの声の中、ジルヴェストは心獣へ飛び乗った。

「バリウス公爵、ここは頼んでもいいか」

「もちろんです、皇帝陛下。どうぞ、お早く」

宮殿中の者たちがここへ説明を求めて押し寄せそうだが、あっさりそう答えるのは、さすがバリウス公爵だとジルヴェストは思った。

(早く、と言った際に殺気がこらえきれていなかったな)

それだけバリウス公爵はエレスティアが大事なのだろう。

ジルヴェストは心獣に浮遊魔法をかけ、同じく心獣に騎獣した護衛騎士たちと共に早急に王の間を飛び出した。

(――エレスティアは魔力を開放し、心獣を鳳凰化させる時でさえ、大魔法を使った時のように膨大な魔力は放たなかった)

最小限必要量だけを心獣へ送り、開放した魔力は圧縮状態だった。

魔力には、通常状態と圧縮状態というものがある。

ジルヴェストのように測定限度を超える魔力を持つ者たちは、心獣が預かるだけでは足りないので、体内にある分の魔力は自然に圧縮される。

それは、一握りの上級魔法師だけに起こる自然現象であった。

魔法師たちは、その才をうらやんだ。強い魔法を使うため、無駄な魔力放出を必要最小限に抑える技の一つでもある。

だから宮殿でエレスティアが心獣の鳳凰化を披露した際、誰もが彼女のその完璧な魔力さばきにも注目していた。

（彼女自身は、まったく気づいていなかったが）

魔力を開放して心獣の真の姿を見せたのに、エレスティアの魔力は漏れ出ない。

けれど高濃度の魔力が黄金色の光となって、誰の目にも見える形で彼女の心獣からは溢《あふ》れて出ていた。

『皇帝並みだわ』

『可能性が、末恐ろしいな』

そう、あの場を見ていた貴族たちは誰もが噂した。

廊下にいた貴族たちも、ジルヴェストが魔力で〝威圧〟を放った時と同じものを肌に感じたようで、戸惑いがうかがえた。

（俺は恐ろしいとは感じなかった。彼女らしいと感じた）

それは、エレスティアを知っている者たちの間には共通し、腑に落ちる説として認識されていることだ。

魔力は、個人の気質や感情に反応する特徴がある。

ジルヴェストの目から見てもエレスティアのそれは、まるで『誰も怖がらせたくない』と示しているように思えた。

先日ジルヴェストは、アインスから、彼女が自分の魔力で誰かを傷つけてしまうのが怖いと言っていたと聞いた。

そのことが〝魔力に蓋をする〟という稀有《けう》な現象に関係しているのではないだろうか？

（彼女は、驚くほど優しさに溢れている）

皇族としてやっていくにはその優しさは心配もされるが、王のそばで花を添えることもまた妃の務めの一つだ。

国民からは、当初から意外なほどエレスティアへの熱烈な支持者が続出していた。

容姿だけでなく、その気質も大絶賛されて愛されている。

それは魔力による格差意識が残る皇国において、異例の現象でもあった。

彼女が世界で一番愛らしいのは事実なので、ジルヴェストも嬉しい。

だが同時に、皇国の貴族たちも続々とエレスティアを支持するようになっていった。

彼女は政治の場において、引きこもりだったとは思えないほど見事な采配を下し、積極的に行動した。

まるで幼少から妃教育を受けたか、姫だったかのような風格で社交の場に立った。その振る舞いも完璧だ。

貴族たちは強い魔法師に対し敬服する傾向が強く、中でも圧倒的に多くの中級魔法師が魔法師のランクによる格差意識を持っている。

魔法師としてではなく、一個人として嫉妬していた一部の貴族たちも、今ではエレスティアが社交界に顔を出すたびに接し方をどんどん変化させている状況だった。

（――魔力が、どんどん抑えられていく）

宮殿に漂う濃厚な魔力が急速に引いていくのを感じていた。

何が起こっているのか気がかりで飛行速度を増させるものの、ジルヴェストたちの心獣が間に合わないほど、そのスピードは速い。

（一時的な魔力の放出、だったとしたらいいんだが）

何も、問題なければいい。

強い魔法師が抱えているのは、魔力暴走だけではない。魔力に自我がのまれてしまう危険性だって孕《はら》んでいるのだ。

◆◆◆

「……皇妃が、男になった⁉」

緊迫状態の中、止めていた息を吐くようにビバリズが叫んだ。

すると魔法陣の中心点にいた〝彼〟が、視線を向けてきて、アインスは咄嗟《とっさ》にカーターやビバリズたちをかばうように前に出た。

エレスティアが、男になった。

それは、ここにいた誰もがそう感じずにはいられなかったことだ。

彼女とまったく同じ髪と目の色。男性にしてはやや中性寄りの美貌は、エレスティアをそのまま男にしたといった姿である。

年齢は、恐らく二十代前半くらいか。

だが、知性的で落ち着いた眼差しは、アインスよりも年上のものに見える。

ただならぬ圧を感じさせる品をまとい、よくよく見ればエレスティアと違って、左目の下にはどこか色っぽいホクロが一つあった。

「まさか私たちは、性別を変えてしまったのか？」

「いいえ、カーター殿。それにしては衣装が完全に違っています」

漆黒の衣装を見る限り、先程のドレスが魔法で男性衣装に変質したものとは考えにくい。

その黒い服は、見たこともない美しい金の刺繍《ししゅう》まで施されている。

そこからしても、アインスは自分の頭に浮かんだ可能性が濃厚になるのを感じた。

「……皆様、これは別の誰かを召喚する魔法になっていませんか？」

アインスが慎重に肩越しに目を向けると、カーターが「なるほど」と眼鏡をかけ直しながらほうけた声を出す。

「そうだとすると腑に落ちるな」

「しかし支部長、そんなふうに設計した覚えはないのですが⁉」

ビバリズがバッとカーターの横顔を見る。

すると、男が話し合いを始めようとしたアインスとカーターたちへ、視線を定めた。

「ひぇ」

局員たちが一斉に口を閉じる。

「ぴーっ！」

その時、ピィちゃんがアインスに加勢するように前へ出た。

「お前……」

「ぴぃっ、ぴぴっ」

何やら『任せろ』と言わんばかりに目を合わせ、うなずき、ピィちゃんが魔法陣の方へと飛んでいく。

　すると男は、自分の周りをぐるぐると飛びだしたピィちゃんに気を引かれたように、ふっと視線を向ける。

「待ってください」

　呆然と眺めていたアインスとカーターの袖を、ビバリズが強く掴んだ。

「もしこれが召喚魔法になってしまっていたとして――どうして心獣がまだここにいるんです？」

　アインスもハッとした。

　エレスティアが消えてしまっていたことでひどく動揺していた。自分がこんなことに気づかないとは恥ずかしいと思い、彼はしっかりしなくてはと気を引き締める。

「確かに……普通、主人が遠くに離れれば一番パニックになるのはピィちゃん、ですね」

　女性局員が恐る恐る口にしたが、アインスは冷静に疑いをかける。

「いえ。普段から人に懐く変な心獣ですので、警戒していないところを見ても判断材料になりません」

「ぴぴーっ」

「アインス殿、批判されてるよ……でも主人がいない状態でのあの反応、私は少し変だと思うけどね」

　カーターがうーんと顎に手をあてる。

　その時、男の方から声が上がった。

「召喚？」

　すっと向けられた視線に全員が緊張した。その瞳に感情はうかがえないのに、どうしてか体が勝手にこわばる。

静まり返った中、年長者のカーターが短く息を吸う音が上がした。

「私は、魔法具研究局の責任者カーター・バロックと申します。突然のことで混乱していることかと存じますが、あなた様が誰か、うかがっても？」

「私を知らぬか」

純粋に、確認のように問われた。

その質問には、アインスを含めた全員が「は」と言った。

男が少し考える。顎をつまむ仕草は男性的で、女性的だという印象が少し薄れる。衣装もあって、その仕草は『賢者』という言葉がさまになった。

「そうか。着ている服も魔力の質も、私の知っている場とは違っている。そうか、召喚であったか」

「やはりこれは召喚なのですか？」

「貴殿らが呼び出したのでは？」

真っすぐ問われたカーターが、言葉を詰まらせる。

アインスは、そばからカーターと男の間に割って入った。

「貴殿は――騎士か」

「まさにお言葉通りです」

アインスは慎重な対応で片膝をつき、騎士の礼をして頭の位置を彼よりも下げた。

「どこかの高貴なお方であると推測します。突然のご無礼につきましてはお許しください、我々も発明品の〝事故〟で当惑しております」

「発明品、事故……」

「衣服の紋様は高位貴族のものに似ていると判断いたしましたが、近隣国にも特徴と重なるものがなく。あなた様が、どなた〝様〟であるのか、確認させていただいてもよろしいでしょうか？」

「よい、応じよう。立つことを許可する」

やはり慣れたように男は命じた。

カーターたちが緊張する中、アインスが立ち上がるのを見届け、彼が再び唇を開く。

「私の名はゾルジア。魔獣のない花のエデンの大陸を造り上げた王にして、地の果てまで統べるエルディオ期三代目の大王である」

全員、固まった。

その名前は、最近何度も耳にした言葉だった。

「……エルディオ期？　えー……まさか本当に、ゾルジア大王様ご本人でいらっしゃる？」

カーターが珍しく激しい動揺を全身に浮かべ、思わず震える指先を向ける。

「そうだが？」

「やった〜本人に話を聞ける〜……どころじゃないよね、うん。うわあぁあああまずいっ、皇帝陛下に殺される！」

「珍しく正論を口にされましたね」

アインスは言ったものの、大きくため息をついて「わけがわからない」と額に手をあてる。

古代王ゾルジア。まさに続き部屋には大昔に存在したその偉人についての名前が書かれた極秘資料の写しが積まれている。

つまりエレスティアを媒体に、召喚魔法を発動させてしまったのか。

みんながそう察したが、大昔の偉人を呼び出す魔法など聞いたことがない。ビバリズたちも部屋の中を右往左往して騒ぎだす。

「はあぁ……カーター殿、よくも我が皇妃を……エレスティア様はどこなのですか。無事なのでしょうね？」

「ま、待ってくれ、さすがに私もすぐには考えがまとまらないよ。とにかく胸倉を掴むのだけはやめようね⁉　あと、剣もなしで！」

アインスはぐいぐい迫ったうえ、続いて腰の剣に手を添えていた。

古代王ゾルジアがその様子を眺めながら、顎を撫でた。

「皇帝陛下」

そう、彼がつぶやいた直後だった。

大きな破壊音と共に扉が吹き飛び、ビバリズたちが情けない悲鳴を上げた。

「お願い騎士様たち逮捕しないでえええええ！」

「いったい何事だ！」

突入してきた騎士たちの先頭にいたのは、ジルヴェストだった。

だが、それを認めてアインスたちがほっとして口を開こうとした時、古代王ゾルジアが右手を向けた。

その瞬間、魔力の〝圧〟が出入り口から突入した人間たちの動きを止めた。

カーターたちが揃って「ひえぇぇぇぇ」と悲鳴を漏らす。

「すみませんすみません皇帝陛下っ」

「ぐっ、いったいどうなっているっ、そして誰だそこの男は………！」

ジルヴェストが睨みつける。騎士たちもどうにか手を床についてしまわないよう、ぐぐっと背に力を入れていた。

「ほぉ、全員がこの魔力に耐える、か。よほどの精鋭の魔法使いと見受ける」

と、不意に古代王ゾルジアが指を鳴らした。次の瞬間、〝圧〟が消える。床に伏してしまわないよう抵抗し続けていたジルヴェストが、解放されと同時によろけたのを見て、アインスが「皇帝陛下っ」と言い、慌てて駆け寄る。

「そして貴殿が皇帝陛下とは知らず無礼をした。不敬である場合には、罰を与えねばならなかった。それが〝王〟の務め」

肩を貸そうとしたアインスに問題ないことを告げ、ジルヴェストが頭を起こして視線を戻し
「王……」と苦々しくつぶやく。

「……カーター、お前は〝今度は〟何をした？」

「うっ、それが……」

視線を移動されたカーターが、たじろぐ。

「まぁいい。なぜエレスティアの姿が見えないのかといったことについても、あとで話を聞く」

ジルヴェストがブチ切れ顔で告げ、カーターたちが固まる。

「私はエンブリアナ皇国の皇帝ジルヴェスト・ガイザー。突然の荒々しい入室を失礼いたしました。宮殿で大きな魔力反応、という緊急事態だったもので突入させていただきました」

「かまわない。この者たちの安全を咄嗟に守ったまで」

「ご理解感謝申し上げます。あなたは王族であるとお見受けしますが、改めて教えていただいてもよろしいでしょうか」

うむ、と答えるような鷹揚《おうよう》なうなずきがあった。

「私はゾルジア。地の果てまで統べる王、エルディオ期三代目の大王だ」

告げられたあと、しばし間があった。

「――は」

ジルヴェストがほうけた顔で声を漏らした。

カーターたちがハラハラと見守る。

ジルヴェストは男の周りを囲んでいる魔法機器を観察した。そうしてしばし固まったのち、エレスティアとまったく同じ髪と目の色をした男へ視線を戻す。

「……気のせいでなければ、あなた様から見知った者の魔力を感じるのですが」

「そこの研究員たちは『エレスティア』と呼んでいた。様子を見るに、髪と目の色が偶然にも同じようだ」

古代王ゾルジアが、胸まである自分の髪をつまむ。

しーん、と室内が静まり返った。

ジルヴェストがまたしても動かなくなってしまって、何やら考えているらしいと察しつつ、騎士たちが「そもそも皇妃様はどこだ……？」とざわつき始める。

アインスがため息をつきたいのを、ぐっとこらえる表情をした。

ビバリズたちが「あぁぁ」と身を縮こまらせ震え上がった時だった。

「……ゾルジア大王、一度御前を失礼させていただいても？」

「うむ」

腕を組むようにして、ゆとりがある大きな袖に両手を入れ、のんびりとしたうなずきがあった。

ジルヴェストが、口元を引きつらせつつ無理やり笑顔で応じる。そうして、後ろのカーターたちを振り返った。

「ひぇっ」

顔面を見た彼らが悲鳴をこぼした。

「どういうことか、説明してもらおうか」

古代王ゾルジアに背を向けたジルヴェストの美しい顔には、ブチ切れた表情が浮かんでいた。

アインスと騎士たちは、自分たちは何もできないと言わんばかりに合掌した。

◆◆◆

それからしばし、ジルヴェストはアインスとカーターたちから報告を受けた。

「――なるほどな」

一通り聞き終わった彼が、腕を組んだ姿勢で一つうなずく。その様子をビバリズたちが緊張の面持ちで見守る。

「ここで何が起こったのかはわかった。発明品の謎の暴走か」

温厚な姿勢に、アインスが密かにほっとした次の瞬間だった。

「それで？　俺のエレスティアをどこへやった。世界で一番愛らしい我が最愛の妻は？」

ジルヴェストはカーターの胸倉を掴むと、持ち上げていた。ビバリズたちが今度は涙を浮かべ「きゃーっ」という悲鳴を室内に響かせる。

「私たちもほんと理由がわからないのですーー！」

そんな言い訳は聞く義理がない。

（チッ、初めからエレスティアに教えておくべきだった）

ジルヴェストが知る限り、カーターは〝発明品〟でよくやらかしている。

ここ数年は発明される魔法器具で大きな被害は出ていないが、理由がわからないなんて、その言葉を誰が信じるというのか。

「お前は天才のはずだろう？　なぁ？　この機会に始末するか」

「ぼそっと言っているけど聞こえてます！　研究したいことはまだたくさんあるのでご勘弁ください！」

この状況なのに、カーターがきちんと自身の欲を主張するところにも殺意が湧いた。

とはいえカーターのバロック伯爵家は、オヴェール公爵家、バリウス公爵家に続いて財産だけは国内第三位の名家だ。

それでいて貴族同士の紛争の仲裁者として何度も役に立った功臣。カーターは元当主候補であり、爵位継承を譲り受けた弟は彼を支持しているので、兄が望む宮殿からの排除となるとうるさくなるのは目に見えている。

一族で戦いを挑まれた場合、ジルヴェストはもちろん皇帝の敵として容赦なくつぶすだろう。

だが、エレスティアの存在を思えばその方法は頭から遠ざかる。

新米皇妃として彼女ががんばっている中で、皇帝派の大きな基盤の一つを崩すのは避けるべきだ。

それにカーターが彼女と知り合った一件で、バロック伯爵家は、皇妃がどんな秘密を持っていても守ると皇帝へ表明した。国境で『絶対命令』が発動された一件では、莫大な財と人員を導入して情報操作も行った。

（発明の理由を思えば至極まっとうではある）

ジルヴェストが、エレスティアが持つ魔力の謎の解明を急がせているとカーターたちに誤解させた。

その可能性を考えれば、すべてを悪く言えないのも事実。

つまるところカーターは魔法具研究局として、するべきことをした。

（個人的には消したいがな）

エレスティアを、いったいどこへ――。

「〝ジルヴェスト様〟」

公の場ではない時、幼なじみだけが呼んでくれる『皇帝』ではない、自分の名。

アインスの声が聞こえたジルヴェストは、ハッと我に返り、持ち上げていたカーターを床に下ろした。

「目にしていた私でさえも、何が起こったのか理解できていない状況です」

「……わかっている。機器に問題がなかったのかは調べてみないことには何も言えないが、俺から見ても召喚魔法の機器には見えない」

意図して召喚魔法を起こすように作られたとは感じていない。エレスティアのことで、ジルヴェストも頭に血が上っていた。

(とはいえ、カーターが天才なのも周知の事実)

発明した試作品が、まるで予測もしていなかった現象を引き起こすのは何度か見ていた。

「貴殿が皇帝ということは、彼らが呼んでいるエレスティアというのは皇妃で、そなたの妻であるのか」

ジルヴェストは、その声の方へ訝《いぶか》りながら目を向けた。

そこにいる美しい男の、ハニーピンクの髪に一瞬目を奪われる。

(エレスティア)

胸がずきりと痛んだ。

愛しい女性の名を心の中でつぶやく。けれど、皇帝として苦しい顔は見せられない。

「そうですが」

ジルヴェストは古代王ゾルジアへ、つとめて落ち着いた声を出す。

「召喚魔法ならば彼女がどこかへ飛ばされたわけではないので、心配する必要はないと思う。恐らく、この体は彼女のものなのだろう」

「……は?」

古代王ゾルジアが、ふっと視線を別の方向へと向け、手を伸ばした。

その白い手は宣教者と思えるほどに、一つの剣ダコさえ見られない。

(古代王は力で競い合い玉座を勝ち取った英雄と聞いているが、彼は猛者の戦士には見えないな――)

そんなことを思った時、その指先にピィちゃんが舞い降りて翼を休めるのが見えた。

ジルヴェストは、目を緩やかに見開く。

「この心獣というモノが消えていない。術者と一心同体に感じるが、違うか？」

「……その、通りです」

一瞬、見ている光景への理解が追いつかなかった。

エレスティアが〝ここ〟から消えていない。その事実に驚きながらジルヴェストは、アインスたちだけでなく、全員が息を止めたのを感じた。

心獣であるピィちゃんが、呼ばれて指先にとまった。

それは古代王ゾルジアに対し〝他人である〟という反応を示していない証拠だ。

「あなたは……ゾルジア大王ご本人で間違いないか？」

「間違いない。彼女の体に魔法器具で私を具現化して召喚したのかもしれないが、まだよくは掴めていない。私も徐々に思い出してきたところでな――私は〝消えた〟から、もう肉体は戻ってこない」

古代王ゾルジアが、どこか遠い過去を見つめるようにピィちゃんの瞳を覗く。

（消えた？）

ジルヴェストは気になったものの、古代王ゾルジアの声が続いた。

「意思がよみがえったばかりで、私もまだよくはわからぬ。ずいぶん経ったことだろうな、思考と記憶の感覚が、まだ混濁しているのを感じる。体を通して、こうして私が現実に存在していることも、実に奇妙な感覚だ」

彼は感心したようにピィちゃんをしげしげと観察している。

その時、ジルヴェストはカーターに「恐れながら皇帝陛下」と呼ばれた。

「なんだ」

「彼は『消えた』と言いましたよねっ？」

「……………」

何やら興奮気味の彼を前にして、ジルヴェストはイラッとした。

カーターの目が眼鏡越しに、こんなにも輝いてはっきりと見えることもあまりない。

アインスや護衛騎士たちも『まさか』と半眼でカーターを見ている。

「……何が言いたい。手短に話せ」

「はいっ、古代王ゾルジアは誕生も王政の終わりも謎の大王です。王位交代については、寿命とも、病とも、戦いに敗れて次の王へ移ったとも、いっさい記録がないため謎のままなのです。とすると私たちはっ、本人から真相聞ける大チャンスの中にいるということですよね！」

その言葉を聞き届けた直後、ジルヴェストは間髪をいれずカーターの頭を鷲掴みにしていた。

「痛あぁっ」

悲鳴が響き渡った室内で、ビバリズたちが自分の上司にあきれる。

「支部長、自業自得です。皇妃がいなくなられてしまわれたのですよ。召喚魔法であるのなら逆の魔法器具を作ればいいとはいえ、今回の発動は不明瞭なことが多いですし、早急に連れ戻さないといけないのに……」

「一日あれば召喚魔法の逆の性質を持った魔法器具は作れるでしょ。その間、いろいろと聞ける大チャンスなのに――いたたたたたっ」

「俺にとって重要なのは、エレスティアだ。歴史の真相を聞くより、とっとと彼女を俺に返す算段の方を優先しろ」

「そもそもカーター殿は、バリウス公爵とドーラン大隊長のことを忘れているのでは？」

アインスが指摘する。

「あ」

とつぶやき、ようやくカーターが静かになった。

古代王ゾルジアが魔法陣から出てきた。

「その通りだ。この状況はあまりよろしくない。皇帝の妻が行方不明ということになれば、混乱を招くだろう」

「まさにそうです」

ジルヴェストは、カーターを放ってゾルジアへ顔を向ける。

「二週間後には外国へ赴く予定もあります――あなたのお力でどうにかなりませんか？」

「先程から内側に解除の魔法をかけているが、効いていない。召喚されている身だ。私も初めての経験でよくわからない」

古代王ゾルジアが『無理だ』というように、静かに首を横に振って応える。

「そう、ですか……」

絶望がじわじわと胸に迫る。ジルヴェストは、密かに拳を握った。

「――カーター」

「はい！」

「死ぬ気で調べろ」

「わかっておりますっ、召喚解除についてもすぐ取りかかります！」

カーターが走り、ビバリズたちと至急話し合いが始まる。

ジルヴェストは彼らに背を向け「はぁ」とため息をつき、頭を押さえた。

「まさか魔法具研究局が、今度は古代王本人を呼び出すとはな……」

「前代未聞の事態ですね。これまでの比ではありません」

「いえ、ですが宮殿内に実害が出ていないのは確かです。こんなこと、まだ誰も察してはいないでしょう」

騎士たちの励ますような言葉に、ジルヴェストはうなずく。

「皇帝陛下、しばらく彼の滞在のための手配もなさいませんといけません。どうか、ご指示を」

顔を上げると、目の前にアインスが待機していた。

この先のことを考えると、やることが膨大に増えて頭が痛い。打ち明ける人物も絞らなければならないだろう。

古代王ゾルジアには『二週間』とは言ったが、正確に言えば、予定されている皇帝皇妃の新婚旅行出発日までですでに二週間は切っている。

ひとまずジルヴェストは、移動を、と指示をしようとした。だが、ハタと口元を手で覆い、考える。

「……連れ出して問題はないのか？」

ピィちゃんがのんびりとアインスの前を通過して飛んでいく。それを、一瞬気も抜けたみたいにして騎士たちが目で追いかけていた。

「魔力は、まぁ、恐らく我々と同じく〝遮断〟はできるでしょう」

アインスが視線をジルヴェストに戻し、言った。

その瞬間、わずかに感じていたエレスティアの魔力の圧が途切れるのを察知した。見てみると古代王ゾルジアが胸に手をあて「〝遮断〟」と口にしている。

「これで問題ないか」

「……そうですね。ですが、姿を隠すのは難しいでしょう」

「私のことは『記録に残すな』と命じ、特徴を書くことも絵画に顔を描くことも禁じた。私がとうにいなくなったこの時代、私を見ても誰もわからないだろう」

「なぜ、そのような命令を？」

ジルヴェストはそう言えば、と思い出してふっと好奇心から尋ねた。

古代王ゾルジアを象徴する絵画には、特徴がある。

それは、彼の姿は必ず背から描かれることだ。

大聖堂の絵画について、エレスティアが不思議だと報告してくれたことは、いまだ記憶に新しい。

（残された『謎の三百年』の絵画と、空白の百年の古代王）

彼より一代前、二代前の古代王は正面の姿が描かれていたそうだ。そしてゾルジア以外の古代王の絵には、臣下の中に一人だけローブを着た後ろ姿の男が描かれており、王になる前の古代王ゾルジア本人なのではないかという伝説もあるとか。

「私は、引きこもりだったのだ」

古代王ゾルジアから返ってきた言葉に、ジルヴェストはしばし間を置いた。

室内が静まり返った。アインスや護衛騎士たちだけでなく、カーターたちも「え」と言って振り返り、注目している。

「……は？」

ようやくジルヴェストからも声が出た。

それを相槌だととらえたのか、古代王ゾルジアが口を開く。今度はその後ろからピィちゃんが仰向けに飛んでいった。

「権力をくれてやるので城に来いと言われた十六歳の時、私は隠者生活を決めた。その時から、ずっと顔を隠していてな」

「十六歳で、隠者」

ジルヴェストが珍しくオウム返しの反応をしたのも、無理はない。

まさか、ここでエレスティアと共通する『引きこもり』を聞くことになろうとは、ここにいる誰もが予想していなかったことだった。

「えー……あなた様は、人にお顔を見られたくなかったのですか？」

引きつった顔でアインスが問いかけた。

「城に在籍する者たちに魔力が強いことを知られたくなかったのだ。何年経っても青年期の容姿のままだと、一目瞭然だからな」

室内に戸惑いの視線が飛び交うが、ジルヴェストは黙っているよう手を上げて制する。

頭が痛くなってきた。

（古代人は、魔力量によって老化の速度も寿命も違うのか？）

古代王ゾルジアが語る〝常識〟は、今とあまりに違いすぎた。

「私は、軍にも政治にも関わりたくなかった。だが百歳になろうとしていた頃には賢者と言われていたせいで、古代王となった元教え子に引っ張り出されることになってな。顔を隠すことを条件に承諾した。名と顔を覚える者が増えるほど〝王戦〟に推す者たちが現れるからな。私は極力、誰の中にも残りたくなかった」

その時、カーターが「待った」と恐る恐る言う。

「そうすると、二人の古代王のそばにいたローブの男って――むぎゅ」

ビバリズがカーターの後ろから彼の口を両手で覆い、「邪魔をしないっ」と小声で注意して引き戻す。

「ところで、心獣という言葉は私の時代には存在しなかった。この心獣というものが精神につながろうと試みるのを感じる。そこにいる獣たちもこの国の魔法使いの術なのか？」

古代王ゾルジアが、そばまで飛んできたピィちゃんの腹をくすぐる。

異様な事態を察知して、心獣たちは扉の外にいて、そこから離れないでいる。

ジルヴェストはため息をこらえる顔をした。

「……我々は魔法師です。それから、心獣は強い魔法師と共に生まれる守護獣のような存在です。その反応からすると、あなた様にはなじみのない名かと」

「そうだ。私の時代には魔法師という言葉はない」

「のちほど案内をつけます。その者に、この国のことを尋ねられるといい」

「王とは多忙なものだ。その中での配慮、感謝申し上げる」

確実に数日は滞在することになるとわかって、向こうで目を輝かせているカーターをジルヴェストは今すぐぶっ飛ばしたくなった。

発明品が、原因不明の召喚魔法を発動した。

その逆の作用を持った魔法器具を作ればいいと考え、楽観しているところもあるのだろう。

(天才というのも、厄介だな)

ジルヴェストは短く息を吸い、ひとまず古代王ゾルジアへ言葉を続ける。

「手配がありますゆえ、しばしこちらで待機をお願い申し上げる」

「わかった。しばらくここにいよう」

「やったっ——痛い！」

我慢できなかった。ジルヴェストは浮遊魔法でそこにあった箱を、カーターの頭にくらわせてやった。

護衛騎士たちが残念そうにカーターを見る。

「カーター殿……」

「一度、ドーラン大隊長とバリウス公爵にぼこぼこにされた方がよろしいのでは……」

そんな言葉と視線さえ、カーターは眼鏡をかけ直して真向から真剣な様子ではねのける。

「反省はしています！　でもっ、そこにいるなら質問くらいしていいだろう⁉」

ジルヴェストは部下の一人が口にした通り、一度カーターを本気で二人のところに放り込んでこようかどうか考える。

だが、それではエレスティアを戻すための準備は進まない。

こんな男だが、本好きということも含めて、他の専門知識にも溢れ、研究者としてはかなり優秀だった。

「知りたいことがあるのなら質問は許そう」

古代王ゾルジアがうなずく。

「いいのですか⁉」

「だが、未来を変えてしまわない程度の言葉に限定させていただく」

興奮したカーターが「未来？」と尋ねる。

「本来、ここに存在しない者の情報というのは、関わった物やことの運命を変えかねない。そのために、まずこの国のこと、どれだけの年月が経ったのかもわからない今の世界について知りたい」

とすると、質問に答えるのはあと、ということになりそうだ。

カーターが露骨にがっくりしていた。古代王本人が目の前にいるのに、ジルヴェストはアインスたちと共に改めて彼の神経の図太さを認識した気がした。

（――さて、どう説明したものか）

古代王ゾルジアの希望する行動範囲に、後宮の書庫も加わったのはわかった。

その前にやるべきことは山積みだ。

ジルヴェストはしばしの待機を命じて入り口に警備の騎士を数名置くと、頭を痛めながら魔法具研究局をあとにした。

第三章　彼女と瓜二つの古代王ゾルジア

翌日。

昨日に引き続き、怒涛《どとう》の半日を終え、ジルヴェストはぐったりとして護衛たちに迎えられた。

そんな皇帝の姿は初めて見ると言い、誰もが彼を心配した。

（取り繕う精神力も残されていない……）

心獣というのは主人の魔力貯蔵庫──のはずなのだが、移動中、意外なことに心獣が支えるようにジルヴェストの背中にずっと頭を押しあてて歩いていた。

その光景は異様で、かえって注目を集めた彼は無言だった。

「皇帝、その──ぶふっ」

外では皇帝として接する、と公言していたアインスが噴き出して顔を背けていた。

（あとで、殺そうか）

疲労のあまり頭の回転も鈍っているのを感じる。

ひとまず今は休憩が必要だ。ジルヴェストは自分の心獣にぴったり後ろをつかれ、その頭に背を押され続けながらそう思った。

そのままの姿勢で朝ぶりに後宮へ戻る。

皇帝と皇妃のための侍女たちが、大袈裟《おおげさ》に勢揃いで出迎えた。

「お前は離れていてくれ」

〝お願い〟として心獣に言い聞かせる。

心獣はペットでなければ生き物でもないので、命令しても聞かない。ただし、訓練された心獣は、ある程度のことならお願いすれば聞いてくれる。

すると心獣は、今度は尻尾でジルヴェストの体を侍女たちの方へと押した。

（……いったいなんなんだ？）

侍女たちが彼を引き受けると、心獣が「ふぅ」とやりきった顔で毛並みが豊かな黄金色の尻尾を揺らして背を向ける。

（今、表情があったか？）

ジルヴェストは自分の心獣について思う。

アインスがひたすら笑いをこらえているのを、部下の騎士たちがハラハラして止めようとしていた。

（普段は無表情だが、よほど面白いんだろうな）

確かに心獣にしては珍しい反応である気がする。

だが、考えるにはやはり疲れすぎていた。

「皇帝陛下、ご昼食は」

休憩のため後宮に入ってすぐにある屋外テラスの円卓に着く。侍女たちは紅茶を用意しながら気にかけて声をかけてきた。

「いい。何も入りそうにない」

ようやく落ち着き、時間を確認したら正午をとっくに過ぎていた。

もう、午後二時だ。

「はぁ……」

ジルヴェストは椅子の背にもたれ、目頭を指で押さえる。

「……大丈夫でございますか？」

そう見えないから、アインスも尋ねたのだろう。

昨日、魔法具研究局で起こった古代王ゾルジアの件のあとから落ち着く暇がなかった。

あのあと、王の間を預けていたバリウス公爵と合流し、彼にまず情報を共有した。

さすがのバリウス公爵も事態を知って絶句していた。

珍しく目を見開き、表情を固まらせていた。そんな彼の口から次に言葉が出たのは、ずいぶん間を置いたあとだった。

『ひとまず、カーターをこらしめてきます』

それ以外に言うことはなかったのか。

いや、その前に皇帝の右腕として言葉を述べるべきでは、とは思ったもののジルヴェストも引き留めなかった。

しなければならないことがたくさん待ち構えていたからだ。

のちに『バリウス公爵がカーターを魔法で宮殿の中庭へ引きずり出して、公開ドSショーをしている』という報告と通報が相次いで、その対応も大変だったが。

ドーランの方もまた大変だった。

ジルヴェストは昨日、エレスティアの父であるドーランにもすぐに知らせを出した。

その返事の言葉をドーランの巨大な炎の不死鳥が持ってきた時、魔法の炎があまりの剣幕をまとっていて、宮殿の者たちが『今度こそ宣戦布告なのか⁉』『国境の魔獣に動きがあったのか⁉』と大騒ぎになった。

それにも、ジルヴェストは勘弁してくれと思った。

【今日すぐに行けないのは大変心苦しいが、明日行くので〝絶対に〟逃げないよう】

まとめると、そんな感じでドーランの炎の魔法は彼の音声を伝えてきた。

ジルヴェストは、明日は彼の対応にも追われるのかと思ったら頭が痛かった。

（――いや、疲労の大きな原因はそれではないか）

じっと向けられる幼なじみの視線に、ジルヴェストは悟る。

昨夜は『御身を大事になさいませ』とバリウス公爵にも言われ、残業はせずいつも通りの時間に就寝となった。

だが、胸が痛くて寝つきが悪かった。

「……大丈夫、ではないな」

休まった気がしない。

侍女と、次の移動のためにいる護衛もまだ下がっていないというのに、ジルヴェストはついアインスに本音をこぼした。

「さようでございますか」

それで、とアインスが『自分には本音を伝えていいのですよ』というように相槌を打つ。

（それから、俺は……この広い住居に一人なのが、つらい）

忙しさで遠ざけていた気持ちがぶり返し、ジルヴェストは今にも茶器を振り払いそうな手に拳を作る。

そんな暴君になど、なりたくない。

この姿を、あとでエレスティアが知ったら胸を痛めてしまうだろう。

「……目覚めても腕の中にエレスティアがいないのが、つらい」

ジルヴェストはうつむき、乾いた笑みを漏らした。

侍女たちが「お気の毒な……」と同情の声を漏らす。

「ご結婚されるまでは、ここをずっと一人でご利用されていらしたでしょう」

アインスが途端に真顔になった。お前は鬼か、とジルヴェストはらしくない言葉が浮かんでむっとする。

「彼女をこんなにも見ないなんて、結婚してから一度もなかったことだぞ」

「もはや禁断症状ですね」

ああ、なるほど、とジルヴェストは納得した。

（そう――禁断症状だ）

その言葉は的を射ている。ジルヴェストは自分の手を見下ろした。彼の体は、癒やしを求めている。

結婚するまで、後宮はジルヴェストだけが使っていた。

彼にとって唯一『皇帝』の仮面を少しの間外し、ゆっくりと聞ける風の音に癒やされる、そんな場所だった。

だが、誰もいないそこに足を踏み入れると、胸に穴があいたような喪失感ばかり覚えるのだ。

今となっては、後宮のどこにだってエレスティアの気配が満ちていた。

たとえば給湯室を覗くと、彼女がちょうど紅茶を淹れようとしていた日もあった。

私室へ足を運んでみたら本を読んでいて、気づいた彼女に『一緒に休憩はいかがですか』と誘われたこともある。

多忙の中、後宮の庭園の様子を見たら、彼女がピィちゃんを教育してる姿があった。

（小鳥を指にのせた姿が、とても似合っていたな）

そうした場面に居合わせるたび、少し眺めているのもジルヴェストの日課になっていた。

「現実逃避なさらないでください。本日の予定がお待ちしていますよ。間もなくドーラン・オヴェール公爵も到着されるかと」

疲労感がずしっと胸にのしかかってきた。

現実逃避くらいさせて欲しい。ジルヴェストは、とにかく一日でどっと疲れきっていた。

新婚旅行の手配に加え、古代王ゾルジアが滞在できるよう行動範囲を整え、彼の宿泊用にと後宮の一室も用意した。

（いや、まずは少しでも休もう）

ひとまず腹に紅茶を入れる。ふっと見ると、一口サイズに切られたサンドイッチがのった平皿があった。

侍女が気を利かせて準備してくれたのだろう。軽いものであれば入りそうな気もしてきて、ありがたくそれも口に運んでいく。

「それから、泊まられている古代王ゾルジアの様子も見に行かれては」

また仕事を増やす気かと、アインスの言葉がジルヴェストの癇《かん》に障った。

「そもそも古代王ゾルジアの面倒を見るのは俺の仕事ではない。あそこまで俺が管轄したくない。アイリーシャ嬢の小言を聞いてきてから言え」

昨日アイリーシャにもすぐエレスティアの現状は知らされていた。試作品を使用させたことについてかなりいろいろと言っていたと、騎士から報告を受けていた。

「命令通り昨日聞きに行きました」

「……行ったのか」

「はい。殴りかかられましたが、ロックハルツ伯爵のご令嬢に手を上げるわけにはいかず、すべてかわしてまいりました」

なんと気性の激しい令嬢だろう。

ジルヴェストの周りはそんな女性ばかりだ。もしくは、社交界で華としてあり続ける、したたかな令嬢。

そう考えるとエレスティアの存在は、大変貴重なのだと彼は改めて噛《か》みしめる。

宝石にも貴重品にも目をくれず、優しい微笑みと共に、指先に小鳥を呼び寄せる愛らしい美少女だ。

今、その小鳥を見知らぬ美貌の男が肩にのせて悠々と歩いている。

そう思い出して、ジルヴェストは食欲が一気に減退した。

彼女を感じられるピィちゃんにはそばにいて欲しい気持ちはあったが、エレスティアの心獣だ。主人の体を心配してか、ピィちゃんは古代王ゾルジアから離れない。

しかも、古代王ゾルジア自身もまた、心獣と似たような存在になっているらしい。

心獣と同じく、今の古代王ゾルジアは睡眠や食事を必要としないのだ。

昨日、ようやく夜にジルヴェストが後宮に戻ってきて大浴場の湯に浸っていたら、古代王ゾルジアがふらりと姿を現し、驚かされた。

『後宮の書庫の本は読みきった。暇なので、移動してよいか』

『………』

睡眠さえ必要としないことを、ジルヴェストはその時に知った。

「はぁ……悪夢だ……」

思い返し、頭を両手に押しつけた。

「何が悪夢なのかは聞かないことにしておきますが、偉大な古代王が現存している奇跡を前にそう言えるのは、ジルヴェスト様だけかと」

「すでに確信を突いているだろう」

「私も、まさか魔法でジルヴェスト様のもとに転移するとは思っておりませんでしたので。いつにない歓迎ムードで魔法具研究局の中に招き入れられたので、何事かと思いましたが……魔法を使ったのに魔力を感知させないのも、手に負えませんね」

確かにアインスは悪くない。後宮の警備たちも、魔法が使われたことはいっさい気づいていなかった。

「カーターたちはなんと言っている？　報告はあったか」

ジルヴェストは同じく忙しくしているアインスに『今のうちに腹に入れておけ』と、サンドイッチの皿を差し出す。共に幼少期から兄弟のように剣の腕を磨き合ってきた彼は、遠慮するそぶりも見せず手に取る。

「古代王ゾルジアに頼んで実際に魔法を使ってもらったところ、浮遊魔法に関しても魔力反応が感知されなかったそうです。そうすると、つまりご本人がおっしゃっていたように、エレスティア様の魔力を使っていないことになります」

「魔力を使っていないのに魔法を？　変だな」

午前中、カーターたちのもとへ使いに出ていたアインスが、彼らから聞いてきたことをジルヴェストに伝える。

「変なことばかりだそうですよ。古代王が心獣のような存在となっていることについては、エレスティア様にしか使えない異例な魔法ではないかと興奮しておられました。通常の召喚魔法ではあり得ない話なので、その可能性に絞られたそうです」

「だから一回目の発明品は失敗に終わったと？」

「……次はそのようなことがないよう、気をつけると口にしていました」

新たな魔法器具が仕上がったと報告があったのは、今日の午前九時前のことだ。それを確認すべく向かわせたので、アインスも落胆したのだろう。

エレスティアが消えて平然を装うことに苦労しているのは、アインスも同じだ。

彼は『止めるべきだった』と、自分の責任のように感じている。

それほどエレスティアを大切にしてくれているのはジルヴェストも嬉しい。一番大切な者を任せるのは、彼しかいないと思っているから。

「お前はよくやってくれている」

ジルヴェストはアインスの腕を軽く叩くと、手本を示すようにサンドイッチを一口で頬張り、彼にも『もう一つ食え』と皿を持ち上げて勧める。

「過去の偉人を、心獣のような存在にして召喚してしまう魔法、か――そんなこと、あり得ると思うか？」

「古代王本人がいるのも、あり得ないことですよ」

正論を言い返され「それもそうか」とため息交じりに声が出た。

「すまなかった。昨日から皆が混乱し続けているところだったな」

「カーター殿たちも、発明品を急ピッチで仕上げたせいだと責任を感じてはいるようです。解決するまで全員で泊まり込んで必死に調査を進める、と」

ジルヴェストも、古代王という強大な魔力を持った超神秘的な存在を召喚する魔法なんて、あるとは考えていない。

エレスティアの魔力と、天才であるカーターたちの発明品が合わさって、偶然にも奇跡的な現象を起こした。

今回の件を知らせた側近たちや一部の者たちも、そう思い至っている者も多い。

「とにかく、行こう」

ドーランが来る前に必要な執務を少しでも片づけた方がいい。

ジルヴェストはアインスに声をかけ、護衛たちを連れて後宮を出た。

宮殿内は、いつも通りの光景が広がっていた。

混乱もなく歩いていく貴族や使用人たち――事情を知らされていない者たちは、皇妃は新婚旅行準備のための休暇に入ったと思っている。

（いつも通りなのが――つらい）

廊下を歩きながら、ジルヴェストはやはりエレスティアのいた光景を重ねてしまう。

彼女がどこにもいないのだと思うと、彼の胸はずきずきと痛む。考えるとどんどん苦しくなる。

自分はもう、彼女なしではいられないのだとジルヴェストは痛感させられた。

夫婦として彼女のすべてをまだ見てもいない。

どうにか抱きしめて温もりを身に刻むが、それだけでは足りなすぎる。

（彼女が、恋しい）

ジルヴェストは、エレスティアの無事を願うばかりだった。

もう二度と自分のそばから離れないで欲しい。

（魔法具研究局がエレスティアを戻すため急ぎ調査と研究を進める間に、伝説になっている古代王の一人が滞在することになった、か）

実に奇妙な話だと、ジルヴェストは皮肉のようにそう思い返した。


それから執務を手早く片づけ、続いて通常の公務もどんどんこなしながら、国境調査団の帰還に居合わせてジルヴェストは急な会談にも対応した。

だが、向き合う誰もが彼を心配した。

「皇帝陛下、何やら顔色が悪いようでございますが」

鏡で見ても普段と変わらないと感じていたので、会談相手の一言は突拍子のない質問に思えた。尋ねると、慌てて相手はなんでもないと言う。

「今日は何やらお忙しいようですね、詳細は報告書と共に日を改めて――」

国境で魔獣の監視にあたっている別部隊も報告に駆けつけたが、なぜか顔を見るなり、手早く口頭報告を済ませてジルヴェストの前を辞した。

西日が差す廊下を執務室へと帰る道のり、国境調査団の護衛にあたっていたティーボ将軍が追いかけてきた。

「仕事のしすぎではございませんか？」

彼にしては珍しいことを告げてきた。

「いつもこのくらいはしているだろう」

「いえ、その、先程も手元がやけに速く――」

と、アインスの方へ視線を移動したティーボ将軍が、途端に話を切った。

「いえ。なんでもございません。それでは私は現場に戻ります」

「ご苦労だった」

アインスに時間を確認すると、そう経っていなくて内心意外に思う。

そのまま執務室へと戻った。すると、そこにはこの時間に珍しく宰相の姿があった。側近も何人か揃っている。

「皇帝陛下、お休みを取っておられますか？」

「問題ない」

「ですが、あなた様はご結婚されてからこの時間は……」

その時だった。ノック音が室内に起こる。

開いた扉の方を振り返ると、そこにはバリウス公爵がいた。

「ちょうどいいタイミングでしたな。ドーランが二人の息子と転移魔法をくぐり抜けたと報告がありました」

目が合った彼が、申し訳程度に笑みを返してくる。

ジルヴェストは、話があったのならあとで聞こうと宰相たちには告げた。宰相は急ぎの用件はないので問題ないと言い、執務室にいた部下たちと揃って頭を下げ、ジルヴェストを送り出した。

アインスと護衛騎士たちを連れて宮殿内を移動する。

間もなく、二階にあるサロンに入った。

そこに存在する隠し扉から入れる秘密の部屋、密談用の部屋へと進むと、ドーランと彼の息子である第三魔法師団師団長のリックス、第五魔法師団師団長ギルスタン。それから昨日不在で状況を知らない一部の臣下が揃っていた。

ジルヴェストは全員に着席を促し、改めて事情を話した。

カーターやアインスから聞いた当時の現場の状況、そして自分の目の前で起こったことを語っている間も、臣下の数人が小さなざわめきを上げていた。

「信じがたいのはわかっている。だから、貴殿たちも自分の目で見るといい」

休暇の中、わざわざ領地から来た者もいる。

非難は覚悟のうえだったが、意外にも一番落ち着いていたのはドーランだった。

「皇帝陛下もお心を痛めたことでしょう。倒れられては娘が悲しみます、どうぞご自愛を。我々にできることがあれば、いつでもご用をお申しつけください」

腕を組み、どっしりと腰を下ろしていたドーランがそう言った。

ありがたい申し出だった。

「そなたが多忙なのはわかっているが、問題が解決するまでバリウス公爵を支えてもらいたい。彼には混乱があった場合の収拾も頼んでいる」

「御意。私が不在になる時には、息子のどちらかを王都に置いておきましょう」

できるたけ王都内にいてくれるようだ。その対応にもジルヴェストはありがたいと思った。

「ですが、それとこれとはまた別の話です」

ドーランが長テーブルの上で手を組んだ途端、室内の空気が変わった。

緊張感が漂う中、平然としているのは父の指示に従う二人の息子と、口笛を吹きそうな顔で眺めていたバリウス公爵だ。

「皇帝陛下の話を聞くに、古代王ゾルジアは自由にさせているということですね？」

「そうだ。行動範囲に制限はつけているがな」

「本当に危険はないのですか？　相手は、誰もが知る古代王ですぞ。あなた様の騎士たちも揃って魔力で〝威圧〟されたと耳にしております。何も問題ないとは思えません」

確かに、問題は山積みだ。

まず、ドーランが懸念しているのは、古代に存在していたという未知の魔法だろう。

ジルヴェストも昨夜、目の前で再び古代王ゾルジアが転移魔法を行うのを見たが、それは魔法師や他国の魔法使いとも違っていた。

魔法の痕跡もなく、亡霊のように霧となって静かにその姿は消えていった。

その前にも古代王ゾルジアはいろいろとやらかしている。

ジルヴェストが蹴り開けた魔法具研究局の扉も、無詠唱で完全に元に戻した。その姿を廊下で使用人と警備兵に見られたし、他にも貴族たちに目撃されている。

そのため、ジルヴェストは仕方なく『国名は言えないが他国の王族である』という知らせを出した。

だが、結果としてはよかったと思っている。

古代王が持つ膨大な知識に、カーターたちだけでなく一部の臣下たちも興味を覚えたようだが、今のところ周りの目が牽制《けんせい》となって下手《へた》な動きは起こさないだろう。

「害はない。昨日、アインスに半日そばについて様子を見てもらい、俺だけでなく側近たちもそう判断した」

「本当ですか、アインス殿？」

リックスの目が向く。その目はアインスよりも感情が控えめで、どこか氷のような雰囲気を漂わせている。

「はい。力で王を決める時代の大王とあって我々も身構えてはいたのですが、予想外にも……なんともマイペースな方でいらっしゃるというか……」

「なんだって？」

ギルスタンとドーランの声が重なった。

アインスの感想は正しい。それはジルヴェストも含め、昨日しばらくそばにいた者が全員古代王ゾルジアに抱いた第一印象だった。

ゆったりと掴みどころがないのも、ジルヴェストの頭痛を誘発している原因ではある。

「とにかく見た方が早い。案内しよう」

ジルヴェストが立ち上がると、全員がそれにならった。

「古代王ゾルジアの動向については常に人をつけ、今どこにいるのか確認すればすぐわかるようにしている」

密談用の部屋からサロンに出る。

最後にアインスが扉を閉め、魔法で壁の中へそれを隠した時、サロンの外から慌ただしい声掛けがあった。

いったいなんだと思い、ジルヴェストは入室を許可する。護衛騎士が内側から扉を開けるなり、一人の騎士が忙しなく入室する。

「申し上げます！　皇妃付き侍女たちから、助けて欲しいと連絡がありました。例のお方が、貸し切りにしていた第二書庫から勝手に図書館へと入られてしまわれたらしく、大変なことになっていると」

「――は」

その『大変な』の内容を聞いた瞬間、ジルヴェストはドーランたちを連れてすぐさま図書館へと向かった。

図書館は、先に騎士たちによって人払いが完了していた。

その際の混乱はなかったようだ。今のところ『皇帝の外国からの客人』と思われているのが幸いしたらしい。

「ご苦労」

警備していた騎士に引き続き立っているよう指示し、ジルヴェストは急ぎ室内へと突入する。

入って少し進むと、一同は唖然とした。

そこに立っていたのは古代王ゾルジアだ。

「〝検索〟古代王政権後をすべて、〝検索〟独裁者について、〝検索〟皇国創立にまつわる革命期についてのすべてを――」

彼が手を掲げて唱える言葉に反応し、求めている本が書棚から抜き出され宙をくるくると回っている。

(『検索』？　それが魔法なのか？)

そんな短縮詠唱、聞いたことがない。

見たことがない魔法を目《ま》の当たりにして、ドーランたちも呆然としている。バリウス公爵がふわふわと浮いている本を指でつついていた。

「……王、古代王、頼みますから派手な動きはおやめいただきたい」

古代王ゾルジアの顔は誰にも知られていないが、魔法をばんばん使うなんて聞いていない。

「これまでに何があったのか知ろうと思ってな」

「第二書庫に行かれたはずでは」

「そこで読んだ本の補足ができる書物がなかった。だからこちらに移動した」

「……なるほど」

彼は知識欲がすさまじいようだとは、エレスティアが持ち込んでいた後宮の本を昨日の夜までにすべて読破してしまったことでも察していた。

（ある意味では、同じ読書好きになるだろうが）

古代王ゾルジアがこちらを向く。

同じハニーピンクの髪と、若草色の瞳にジルヴェストの胸がずきりと痛んだ。

見るたびエレスティアを思い出す。だから、できるだけあまり顔を合わせたくない気持ちがあった。

ピィちゃんが「ぴぴっ」と鳴き、古代王ゾルジアの肩で嬉しそうに翼を広げた。

「して、そこの者は？」

彼が、目を見開いているドーランたちに気づく。

「昨日までに見なかった顔だ。引き合わせるとは珍しい」

「エレスティアの父です。肉親には事情を話す必要があります」

「確かにその通りだ」

古代王ゾルジアが本を一冊手に取る。彼のそばで戸惑っている侍女たちのもとからワゴンが勝手に動きだし、浮いていた無数の本がそこにどんどん整列して積み重なっていく。

いったいどんな魔法を使ったのか、そうリックスとギルスタンが注視しているのを感じる。

（詠唱どころか、視線を向ける必要もない、か――）

それでいて、やはり魔法の反応を感じられない。

だが、今は理解できない古代の魔法を考える時ではない。

ジルヴェストがそう判断して数秒で視線を古代王ゾルジアに戻すのと、ドーランが代表のように彼の前へ進み出たのはほぼ同時だった。

「絶対の王にして、賢王であるともお見受けしています。どうかお体は、ご自愛を」

古代王ゾルジアが、ドーランを見据えた。

目が合った途端、ドーランのいかつい顔に少し悲しみが浮かぶ。

「報告には聞いておりましたが、……娘に、よく似ておられます。器になっているせいでしょうか」

「この姿は本来の私自身のものだ。よくそう耳にするが、私はその娘にそんなに似ているのか」

「はい。私の息子たちも、珍しく言葉が出ないようでした」

ドーランが遅れましたがと言って、リックスとギルスタンを紹介する。

「そなた、オヴェール公爵と申したか。娘を愛しているのだな」

「心から」

「心配せずともいい。本人の魔力を無断で使用する無礼は犯さない。漂う魔力を使って、小さな魔法へと形を変えているだけだ」

「小さな魔法……これが？」

ドーランだけでなく、共に来た者たちが唖然とした様子で多数の本が宙を移動する室内を見渡す。

漂う魔力を使う。それが彼の『感知されない魔法』の秘密のようだ。

（そんなこと可能なのか？）

ジルヴェストは、魔法使いの国でもそんな方法は聞いたことがなかった。騎士たちも奇妙なものを見る目をしている。

エレスティアの魔力は使っていないと言っているが、どうにか魔法そのものを控えるよう説得する方向に動いた方がよさそうだとジルヴェストは思った。

だがすぐに、それが可能なのかという疑問に突きあたる。

「……漂う魔力というのが、もし息を吸うように魔法を使うことであるのなら難しい、のか？」

つぶやいたジルヴェストの横顔を、アインスがハッと見てきた。

「まさか、そんな魔法使いが存在するはずが」

「だが古代王というのは、あり得ない魔法を使う者たちであると言われているのだろう？」

以前、エレスティアが天候を〝変えてしまった〟のも事実だ。

その時、バリウス公爵がドーランの肩に手を置いた。

「ドーラン、問題なかっただろう？　バリッシャーを砂漠にしたとは思えない、とても冷静な男であると私も感じる」

「そうだな。確かに出歩くのは問題がない……いや、これはどうなんだ？」

ドーランが、ワゴンに魔法で片づけられていく本の山を指差す。

「バリッシャー？」

ワゴンの上に自分が持っていた本を置いた古代王ゾルジアが、振り返る。

「久しい名を聞いたな」

「あなたが滅ぼされたと聞きました」

突拍子もない朗らかな声が上がり、全員がすばやくその方向へ顔を向けた。

そこにいたのは、ギルスタンだ。彼は一同の視線を受け止めても緊張とは無縁の表情で、手を軽く上げる。

「その件、質問させていただてもよろしいのでしょうか？」

お前はバカか、ジルヴェストたちはそんな表情を浮かべて絶句した。

王の逆鱗を買い文字通り何もかもが消された土地だ。リックスが『今すぐ黙らせます』とギルスタンに厳しい表情を見せて威圧し、拳を掲げた。

「ふっ――そなたは素直な男なのだな」

だが、意外にも古代王ゾルジアは嫌悪など示さなかった。

「とはいえ私も、理由を後世へ残さないことを民に約束させ、そうして私もその領地で行われたことは許すと約束を守った。それが確かに叶えられて歴史に残されていないというのなら、バリッシャーの民に報いて私は口をつぐもう。王には、答えられないこともある」

古代王ゾルジアが、ふっと視線を足元に落とした。

「あれは悪いことをした……王として、なさなければならないことだった」

一瞬、その落ち着いた眼差しにゾッとするものを感じた。

床を見つめている目には静寂が漂うが、賢者のような佇まいと雰囲気を持った目の前のこの男が、一人で一瞬にして人々を地上の建物ごと滅ぼしたのは事実なのだ。

怒りはあったのか、それとも当時の歴史において必要だったのか。同じ王だから理解できることも多くある。

だがジルヴェストは『どうしてあんなことを？』とは尋ねられなかった。

「ほとほと、王という立場が、嫌になったものだ」

場に落ちた沈黙の中、魔法で浮かんでいた最後の本がワゴンに置かれる音と共に、そんな古代王ゾルジアの静かなつぶやきがやけに耳についた。

◆◆◆

エレスティアは、闇の中にいた。

宙に浮いているような、濃厚な水の中にいるみたいな不思議な感覚だ。

たぶん、自分は眠っているのだろうと思う。

たびたび小さく人のやり取りする声が聞こえる気がした。そうして、誰かが自分にずっと呼びかけている声も。

『――皇妃。皇帝の妻よ』

知らない声だ。

そう思ったら彼女の意識は、さらに底へと向かって沈んでいく。

『そうか。恐ろしい夢を見たくなくて、拒絶しているのか』

その通りだ。〝ここ〟にいたら、この暗黒に悪夢の光景がふっと映し出されてしまうかもしれない。

そこに立つのが、エレスティアは、怖い。

前世を思い出した日から、何度か悪夢を見た。

とくに恐ろしい場面を見た日には心臓が止まりそうになり、夢なんて見たくないと思った。

気高き姫、そう言って民衆たちが涙して婚礼馬車を見送った。

泣くなんて、敵国の使者に対して非礼なことだ。

みんなが、覚悟を決めて嫁いでいく彼女のために無理やりその顔に祝福を浮かべていた。

笑顔で、泣いていた。

エレスティアは、遠ざかっていく城の父たちを見られなかった。残された国は直系の血筋が絶え、血のつながりがある遠い家々から後継ぎが選出されることだろう。

直系を守ってきた小さな国の歴史は、この時点で途切れてしまったのだ。

ジルヴェストと過ごしながら、虫に食われたように所々抜け落ちていた前世の記憶がだんだんと戻ってくる。

丁寧に夫婦として積み上げてきた彼の優しい温もりだけ自分の中に積み重ねていたいのに、唐突に一つ、また一つと思い出されるのだ。

『それは、君に欠けているものがあるからだ』

いったい、誰の声なのだろう。

宣教者のような助言に、エレスティアはぴくりと反応する。

『拒絶した感情が前世の記憶にしまわれている。だが、君は優しい女の子なのだな、攻撃は最大の防御という術をそれでも使わない気でいるのだな。私は、よい覚悟だと思う』

だが、悪夢はどうしてやることもできないと、その声はため息交じりに言う。

どんなに優秀な〝魔法使い〟でも、それだけはできないのだと、エレスティアには申し訳なさそうな声にも聞こえた。

（身を案じてくれている？　ううん、知らない人の声だもの――）

父や兄たち、大好きな〝バリウスおじ様〟にも気をつけなさいと言われた。

エレスティアの意識は、また深く沈む。

だが、ふっと外からの声に彼女の心が反応した。

『――心から』

ジルヴェストの声が少しだけ聞こえた。

愛しているのだと、彼の続く思いまで見えるようで意識がつんっと上を向く。

(私も、あなたを愛しています。心から)

声が聞きたいと、エレスティアの意識が浮上していく。

そういえばずいぶん、彼の声を聞いていない気がした。

毎日誰よりも多く彼の声を聞いているので、そんなことを思うなんて変な話かもしれない。

『寂しいか』

寂しい、とエレスティアは心の中で答えた。

『ああ、ようやくここまで会話ができるようになった。恐らく現在起こっていることを解決するには、君が鍵だ』

いったい、何が起こっていると言いたいのだろう。

『君が、誰もが知らないでいるひどい悪夢を抱えていることが原因だ。眠っている時、悪夢を見たくないと拒絶することで、わずかな魔力が反応する。それが、私を引き留めているのだ』

よく、わからない。

だってエレスティアは、眠っているのだから。

『私ととても近い君よ、よくお聞き。〝我々は〟その悪夢を背負っていかなければならない。あまりにも痛く苦しいだろうが、それは過去だ。今の君は、同じ痛みを胸に感じたか？』

そんなことはない。

（ジルヴェスト様の手は、いつでも優しいわ）

膝の上にのせて頭を撫でるのも好きで、止めないと延々とそうしている。

前世の記憶のせいで、たまに異性の手に対して体がゾッと反応してしまうこともあるが、その数もだいぶ減った。

それは日々、彼が優しすぎるほどにゆっくりと深い愛情を伝えてくれるからだ。

エレスティアは、ジルヴェストの両手が一度だって痛くしてきたことがないのを知っている。

家族よりも、大好きなバリウス公爵よりも、世界で一番安心できる手だった。

『いいぞ、そのまま顔を上げていろ。夫が会いたいと望んで、待っている』

（夫……ジルヴェスト様？）

その言葉に、エレスティアは目を閉じたまま顔を上げた。

「夫と新婚旅行に行くのだろう？　だから、目を開けなさい」

◆◆◆

古代王ゾルジア本人が滞在するという奇妙なことが起こってから、四日目を迎えた。

そろそろ貴族たちも皇妃の姿を見かけないことに不審を抱き始める頃だと、宰相たちも不安を見せていた。

あれ以来、宮殿から飛び立つ鳳凰の飛行だってない。

王都でもたびたび、ここ数日鳳凰を見ていないことが話題に出るようになっている。

宮殿内では、何よりジルヴェストの状態が臣下たちを心配させた。

「目のくまが、なんとひどい……」

「どうやら眠れないそうだ」

「薬は？」

「飲ませても効果がないとか。このままだと、死んでしまわれるぞ」

深刻な寝不足状態で、食欲も出ないでいる。これが翌日、翌々日と長引けばかなりまずい状態になると皇族担当の医者も話した。

魔法具研究局も必死になり、昨日までに解決のための魔法器具を八つ作っていた。

だが、その八回とも失敗した。それがさらにカーターたちを焦らせている。

（これが仕上がれば、九つ目か……）

今日もジルヴェストは魔法具研究局にいた。

公務から直行し、またしても椅子に腰かけている彼の様子に、女性局員たちもたびたび目を向け、泣きそうな顔をする。

発明品が召喚魔法になってしまった。

そういう仮設を立てていたから、それを解消するための魔法器具を作ったのにまったく効果がない、というのはカーターたちにとって大誤算だったようだ。

どの魔法器具も、古代王ゾルジアに変化を与えなかった。

「皇帝陛下、少し眠られては」

手を組んでじっと魔法器具の製造を眺めているジルヴェストに、アインスがたまらず声をかけた。

「眠れないんだ。……いつも抱いていた温もりがなくなってから胸が痛くて、休んでいると、彼女がいないことばかり考えてしまう」

何もできない自分が無力だ。そう思い、ジルヴェストは握り合った手に力を入れる。

考えないために、事件が発覚してからずっと仕事に打ち込んでいた。

アインスもそれを知って、かける言葉が見つからない様子で護衛として立つ。

カーターたちは本日の明朝、九番目となる発明で魔法器具の構成を完成させていた。それはエレスティアの体から、召喚している古代王ゾルジアを〝外す〟ためのものだ。

今、その最終組み立てを念入りに行っている。

その知らせを受けて、ジルヴェストは正午前にこの部屋に入った。

そのそばで、カーターたちの忙しさをドーランも見守っていた。

彼は皇帝の代わりに仕事をいくつか請け負っているバリウス公爵に頼まれ、息子たちに国境の監視を頼んでジルヴェストと同席している。

室内は、普段になくバタついていて騒がしい。

「機器が偶然にも召喚したのなら、その作用と逆をいけば離れるはずなんだ」

「皇妃は一般の魔法がまだ使えませんからな。そうだと思います——転移魔法の逆噴射機、設置完了です！」

「よくやったビバリズ。そっちの魔力回路はつないだか？」

「はいっ、魔法再現装置もばっちりです」

彼らが作っているのは、使い捨ての魔法器具だ。速さを重視し、魔力量を最大限に流すため、起動させると一度でコードが消耗してしまうというものだ。

とにかく、エレスティアを戻すことにカーターたちは心をすべて注いでいた。

「はぁ……食事も取らないままだ。あの子の体は本当に大丈夫なのだろうか」

ドーランが、ついといった様子で目頭を指で押さえた。

それはジルヴェストも同じ気持ちだった。

古代王ゾルジアは、高濃度の魔力による停止状態の説、内側と外側の時間の流れが違う説を述べたが現代の知識とは違いすぎた。ジルヴェストにはうまくのみ込めない。

（古代と現代では魔法の仕組みからして違うらしい――）

そんなことを考えるものの、思考はすぐに集中力をなくしてジルヴェストの頭の中から散っていく。

疲弊しきっている。精神的な面が一番大きい。

（エレスティア）

想定以上に長引き、解決の糸口から遠ざかっていくような焦燥感に、ジルヴェストは前髪をクシャリと握る。

「皇帝陛下……」

ドーランが気づいて顔を向けたが、言葉は何も浮かばないようで口を閉じる。

と、彼は話をそらすように視線をアインスへと移動した。

「そういえば、今日は静かだな」

「ああ、ゾルジア大王ですか」

アインスが察した顔で、ドーランと共にそちらを見る。

魔法器具の組み立てが行われているカーターたちから少し離れた位置で、書棚の前にいるのに本も眺めず、顎に手をあててじっとしている古代王ゾルジアがいた。

「いつも好奇心で質問をしていただろう。彼が古書を持ち出さず、ああして動かないのは珍しい気がする」

「いや、たびたびああやっている」

同じ方向へ顔を上げ、ジルヴェストはドーランに言った。

考えることも好きなようだから、何かに思いを巡らせているのだろう。

アインスは何か気になったようだが、ジルヴェストはたびたび見受けられる古代王ゾルジアの思案顔については、何も言わないことにした。

何か意味があるのか考えようとした途端、疲労感が先にやってきて思考を手放した。

(彼女が、無事に帰ってきてくれればいいんだが)

古代王ゾルジアから聞いた話によると、エレスティアは彼の内側で眠り続けているという。

何も食べず、その肉体は古代王ゾルジアとして起き続けている。

本当に問題がないのだろうか。

ジルヴェストは何もできない自分が歯がゆく、胸が苦しくなる。ただただエレスティアの無事を祈るばかりだ。

「今だ。恐らく、準備が整った」

古代王ゾルジアの声に、ジルヴェストはぱっと顔を上げた。

古代王ゾルジアが唐突に動きだした。いくつもの魔法器具で囲まれた魔法陣の中央へと進むのを、カーターが慌てて止める。

「古代王っ、魔法器具は完成しましたが、まだ接続器の準備が」

「私が手動でつなげる。それをこちらへ」

「しかし」

「この機会を逃せば、皇帝の衰弱は進むぞ。それでいいのか？」

眼差しにカーターが口を閉じる。

「装置を起動させよ」

古代王ゾルジアには――何か明確にわかっていることがあるのだ。

ジルヴェストは立ち上がった。よろりとした彼をアインスが咄嗟に支える中、彼はかまわず言う。

「カーター、彼に従うんだ」

「わ、わかりました、今すぐに」

カーターとビバリズが走りだす。

各局員たちが慌ただしく周囲の魔法器具の設定に取りかかる中、二人が各魔法器具から伸びているコードを集めて、それを魔法陣の中央にいる古代王ゾルジアの右手と左手にそれぞれに握らせる。

古代王ゾルジアが手に魔力の光を放った。

その途端、魔法器具がブウンッと震えるような音を立てる。

「うわっ、すごく濃厚な魔力ですっ」

そう驚いたビバリズの隣で、同じく魔法陣の中にいたカーターが古代王ゾルジアの手元を注視して接続の様子を確認する。

「す、すごい、全魔法器具の魔力回路の接続がされましたっ」

「人間が魔法器具の代わりを果たすなんて――」

「驚くのも分析もあと！　とにかくっ、起動だ！」

口々に言う局員たちにそう指示しながら、カーターが魔法陣から走り出た。

ビバリズが「ひゃあ」と言いながら遅れて続き、彼の脱出を見てからカーターが、慌てて各機器の前についた局員たちと揃ってスイッチを押した。

すると、古代王ゾルジアが持つコードに向かって起動した魔力の逆噴射が始まる。それはブルーやグリーンの輝きを放って、彼の長い髪とローブを揺らし、カーターたちが風から身をかばう。

「――さあ、君の魔力を掴んだぞ」

古代王ゾルジアがつぶやき、目を閉じる。

コードを握る彼の両手から、金色の粒子が一気に噴き出し、きらきらと光って舞い散る。

（エレスティア）

ジルヴェストは、久しぶりに見たその魔力の色に、深い青の瞳を見開く。

古代王ゾルジアの体がその光に包まれ、まるで後光を浴びたように輝いた。

すると、彼から抜け出すようにしてその前に黄金色の粒子が集まりだした。それは人の姿となる。

「あっ」

「皇妃……！」

ビバリズたちから安堵するような声が上がる。

光と共に現れたのは、目を閉じたエレスティアの姿だった。その後ろにいた古代王ゾルジアが、彼女の手を取ると、光がすぅっと消えていく。

初め感動していたカーターが「ん？」とぎこちない声を漏らした。

事態に気づいたジルヴェストも、アインスと共に思わずあんぐりと口を開けてしまう。

光がやみ、そこにはエレスティアと古代王ゾルジアの二人が立っている。

古代王ゾルジアが後ろからエレスティアを支える。

「……おいカーター、どうなっている？　古代王が消えないんだが？」

ドーランの唖然とした声が、静寂に落とされた。

第四章　皇妃の魔力と魔法の秘密

エレスティアは、すぅっと瞼《まぶた》を持ち上げた。

そこには、カーターはじめ魔法具研究局の皆が自分を見てあんぐりと口を開けている姿があって、エレスティアもぽかんとした顔になる。

（今の……お父様の声？）

「いったい、何が……」

「頭に装置をはめたことは覚えているか？」

「あ、そういえばありましたね。あのあとから記憶がないような――えっ」

聞こえた声にそのまま答えつつ、後ろを見上げたエレスティアは驚いた。

そこには、美しい顔でじっと見つめている見知らぬ若い男がいた。

明るい若草色の瞳に、一瞬どこか親近感を覚えた。それは自分の目の色と同じだからと遅れて気づく。

「あ、あの、あなたはいったい誰？」

「恐れる必要はない。君とは心の中でも話したはずだが」

エレスティアはハタと思い出す。内容はあまり覚えていないが、確かにこの声には聞き覚えがある気がした。

「君が発明品とやらを試し、夢に引きこもってから数日が過ぎた。その間、私がここにいた」

「え、え？　数日っ？」

「そして私の名は、ゾルジアだ」

「は」

エレスティアは、手を取られた姿勢のままピキリと固まった。その名前は大昔にいたとされる偉大な大王にして、古代王の名だ。

（いったい私の記憶が途切れている間に何があったの……）

目の前にいる彼が古代王ゾルジアだとしても、それが、どうしてエレスティアの手を取っているのか？

彼女は考えようとするほど混乱してくる。

「……あの、あなたがゾルジア大王？」

「そうだ」

「あ、あの、お若くないでしょうか」

魔法陣の外でビバリズの「そっち⁉」とツッコミの声が聞こえた。

古代王ゾルジアが首をかしげる。

「私は若くはない、記憶が正しければ約三百八十年は生きている。人生に飽きるのに十分な数字だろう」

エレスティアはもう限界にきた。

ぱっとカーターの方を見る。すると、目を閉じる前と辺りの光景が変わっていて驚いた。見覚えがない急きょ組み立てたような大きな魔法器具がたくさん置かれ、自分たちの周りを囲んでいる。

カーターが珍しく眼鏡を指でずらし、唖然とした表情で固まっている。

それにエレスティアが気づいた時、ビバリズがその隣で涙ぐんだ。

「エレスティア様、よかった……」

呼べるのが嬉しいのだと言って、調子がいい時は『皇妃』とも呼んでいた彼が、思わず名前を口にしている。

涙を見ると尋常ではない状況なのだということが、エレスティアものみ込めた。

(私、本当に数日消えていたの……?)

実感がない。

「ぴぃい!」

すると、ピィちゃんの大きな声が聞こえた。

ハッと視線を移動すると、女性局員が立つ大きな魔法器具の上にとまっているピィちゃんと目が合う。

途端にピィちゃんが翼を広げ、飛び立ち、高速でやって来るとエレスティアの顔面にビタンッとはりついた。

「ぴぴっ、ぴぃ!」

心配されていたことが伝わってきた。まるで『会いたかった!』と言わんばかりだ。

「ピ、ピィちゃん、前が見えないわ」

両手で柔らかなその小さい体をどかそうとした時、エレスティアは聞こえた声にハッとした。

「エレスティアっ」

（――ジルヴェスト様）

こんなにかすれた弱々しい声は、聞いたことがない。

反射的に胸が締めつけられた。ピィちゃんはその気持ちを感知したのか、ぱっと離れると、翼で「んっ、んっ」とどこかを示す。

目で追いかけたエレスティアは悲鳴を上げた。

そこには、駆け寄ろうとしてよろけたジルヴェストの姿があった。立つのもままならない彼を、左右からドーランとアインスがそれぞれ掴んで支える。

「ジルヴェスト様！」

エレスティアは、今にも膝をつきそうな彼に駆け寄った。

正面から支えるようにジルヴェストの胸板に両手を添える。

「ジルヴェスト様、どうして、こんな」

近くから顔を覗き込むと、とてもひどい顔色をしているのがよくわかった。

こらえきれず片手を彼の頬に添えると、血色の悪さからひんやりとしていて、エレスティアの胸が締めつけられる。

ジルヴェストがエレスティアの手の上から自分のそれを重ね、「エレスティア」とくしゃりと目を細めた。

「無事なようでよかった。健康面も問題ないようだな」

「私は何も問題ありません、数日も経っていたなんていまだ信じられないくらいで……それよりもジルヴェスト様の方です。ひどく衰弱してらっしゃるように見えます。いったい何があったのですか？」

「すまない、ただよろけただけだ。安心したら脚が動かなくなってしまってな」

あのジルヴェストの脚が動かないなんて、異常事態だ。

エレスティアは父を見た。ドーランが気遣わしげに眉尻を下げる。

「お前は本当に大丈夫なのか？　健康チェックと魔力状態の検査を受けなさい」

「それはあとで受けます。私は本当に大丈夫なのです、今、大変なことになっているのはジルヴェスト様の方です」

いったい、自分の記憶が抜けている数日の間に、何があったのか。

ドーランとアインスが、ジルヴェストに大丈夫だと告げられ、様子を観察しつつ慎重に手を離していく。

その様子を見ていたエレスティアは、ハッとした。

「まさか、私がいない間にご病気にでも⁉」

「ただの寝不足です」

じっと見ていたアインスが、初めて口を開いた。

「……え？」

エレスティアはぽかんとしてアインスを見る。

彼が整った顔をしかめ、やけに嫌みっぽく片眉まで上げた。

「エレスティア様、聞こえませんでしたか？　皇帝陛下は、ただの、重度の寝不足です」

「あの、なんだか辛辣な言い方というか……？　怒っていらっしゃったりします？」

「エレスティア、アインスを許してやれ」

ジルヴェストが苦笑を浮かべる。

その珍しく弱々しい感じは胸にくるものがあったが、彼の表情が苦しいものから変化してくれたことに、エレスティアは密かにほっとする。

「彼も君の身を案じて仕事に集中できないでいた。……俺も、ただの寝不足なのは事実だ。一人のベッドで寝ようとしたが、もう、君なしでは眠るのも難しいらしい」

恐らくは食事も喉を通らなかったのだろう。

(少し、おやつれになったわ……)

衣装の胸元を片手で整え、取り繕うように微笑を浮かべたジルヴェストに心が痛む。

「食事も、きちんとしなければだめです」

つい、涙腺《るいせん》が緩むと、彼が「参ったな」と苦しげな笑みをこぼした。

「エレスティアにはお見通しなのか」

「それくらいわかります。愛しているのですから」

そっと距離を縮め、今も無理をしている愛しい人の腕の左右から手を添え、支える。

ドーランがハンカチを取り出し、自分の目の下にあてた。

「正直にいえば――君が心配で眠れなかった」

ジルヴェストがエレスティアの腕を掴み、肩にぽふっと頭をのせた。

その重みを感じるのは久しぶりに思えた。確かに数日会えていなかったらしいけれど。

寄りかかっている彼の屈められた背を見れば、今とても弱っているのがよくわかった。

心から心配してくれたのだろう。こんなにも愛されていることに感動し、エレスティアは涙を浮かべる。

「私がいなくとも、睡眠も取らなければいけません。私の方こそ心配でジルヴェスト様のそばを離れられなくなります」

「離れないでくれ」

腕を掴む彼の手に力が入り、ぎゅっと頭を肩に押しつけられる。

「君がいないと俺はだめなんだ。……一人で寝るのも、深夜に一人で私室のソファに座ることさえ、今は耐えられない。半身が失われてしまったような絶望感にさいなまれる」

エレスティアは胸が熱く震えた。彼を力いっぱい抱きしめる。

「私もです。私も、あなたがいないと寂しくて、生きてなどいけなくなります」

感動に目頭が熱くなり、つい涙が一粒こぼれてジルヴェストの軍服仕様の正装にしみる。

数日時間が飛んでしまったなんて信じられないが、抱きしめ合っていると、ようやく再会できたような不思議な気持ちが胸を満たしてきた。

すると、不意に彼の体がエレスティアを押す。

「ジルヴェスト様？」

まさかこんなところで押し倒すつもりなのだろうかと、胸が早鐘を打つ。

さすがに父の前でキスは控えて欲しい。

そう思って彼の体を支えたエレスティアは、肩にのった頭までぐんっと重くなって疑問符がいっぱい頭に浮かんだ。

（え、え？　もしかして）

と思った時には、力が抜けたジルヴェストの体がぐらりと倒れ込んできた。

（だめっ、支えないとっ）

ジルヴェストを抱き留め、必死になって両足を踏ん張る。

けれど華奢なエレスティアに、大きな成人男性の体を支えられるはずがない。

後ろに傾いた直後、たくさんの声にほぼ同時に名前を呼ばれた。

肩や背や腕を後ろから支えられて安定する。肩越しに振り返り、エレスティアは目を見開く。

そこには、倒れそうになった彼女を支えるドーラン、アインス、カーター、古代王ゾルジア、ビバリズたちみんなの姿があった。

「皆様……」

「まったく、お前は無茶をする。こういう時は助けが必要だと声に出しなさい」

ドーランに、安堵の息交じりに言われて小さくなる。

「ごめんなさい、お父様」

謝ったエレスティアは、気にしてそこにいる古代王ゾルジアへ視線を移した。

「あの、偉大なる王にこのようなことをさせてしまい誠に――」

「よい。気にするな。君は、多くの者に大事にされているな。彼らはよき臣下だ。結ばれた縁と共に今後も大切にするといい」

「は、い……」

賢者や聖職者のように諭され、ひとまずうなずく。

何がどうなっているのかわからない。

（どうして、ここに『絶対命令』の大魔法の持ち主である古代王ゾルジア本人が？）

そんなエレスティアの思いを表情から察したのか、カーターが嘆息を漏らし、口を開く。

「説明は、皇帝陛下を休ませてからだ」

「そう、ですね。まずはジルヴェスト様にしっかり眠っていただかないと」

カーターの意見には賛成だ。

というわけでエレスティアは、ドーランたちと一緒にいったん魔法具研究局から出ることになった。

それは、廊下にいた貴族や騎士や戦闘魔法師や使用人に、いったいなんだなんだと騒がれる移動となってしまった。

静かな寝息を立てて眠っているジルヴェストを、ドーランとアインスが浮遊魔法で運ぶ。

その際、なぜかエレスティアがジルヴェストを抱いて支えた姿勢のままで、一緒に浮かべられてしまったのだ。

エレスティアは大変恥ずかしかった。

離したらジルヴェストが起きてしまいそうだからと、アインスたちは声を揃えて笑顔で言った。だがその笑顔には、含みがあるようにも見える。

（なんだか楽しそうな感じが……？）

周りを囲んで歩く護衛騎士たちも、珍しく言葉を交わすほど空気は和やかだ。

事情を知っている者なのか、廊下ですれ違った貴族たちの一部も安堵したような笑顔を送った。それを見て、ふっと思い至った。

（それくらい、安心したのかも）

エレスティアはおとなしく運ばれることにした。

途中から、バリウス公爵も加わったのは想定外だったけれど。

彼はエレスティアたちが進んでいた廊下とつながっている通路から走って出てきたかと思ったら、面白そうだと言って自分も浮遊魔法を加えた。

余計に大所帯になり、後宮に向かうエレスティアの一行はかなり目立った。

後宮で侍女たちに再会すると、涙を浮かべて喜ばれてしまった。

奥にある寝所は知らせを受けてすでに用意されていた。

そこまでドーランとアインスとバリウス公爵の浮遊魔法で運ばれる。

まだ昼間なのにカーテンを下ろし、ジルヴェストと共にベッドで横たわる。すると彼に手を握られて心臓がはねた。

「起きっ……られてしまったわけではないみたい……」

「それくらい心配だったのだろう」

ドーランが覗き込み、頭を起こしたエレスティアを枕へと優しく戻す。その大きな手は昔から変わらなくて、エレスティアは自然と体のこわばりも抜けてしまう。

侍女たちが仮眠用にとブランケットをかけた。

「それでは、私はバリウス様と行くよ。お前の護衛騎士が扉の前にいるから、何かあれば声をかけるだけで飛んでくるはずだ」

「はい。ありがとうございます、お父様」

「いや、これくらいたいしたことではない。国境にいるお前の兄たちも、伝えたら喜ぶだろう。それから――バリウス様が騒ぎを大きくしたのは、多めに見てやってくれ」

バリウス公爵も心配していたそうだ。安心した反動なのだろうとドーランは言い、微笑みを残し、マントを翻して出ていった。

（あっ）

それを目で追いかけたエレスティアは、ふと広い寝所の隅にジルヴェストの心獣がいることに気づく。

侍女たちも、心獣がいたからそこのカーテンだけは閉めなかったようだ。

ジルヴェストの心獣は丸くなっていた。

そよぐ風に吹かれる金の毛並みは、日差しにあたってとても触り心地がよさそうなふわふわとした輝きを奏でている。

そうしてその上に、ちょこんと座っているピィちゃんがいた。

（窓からの日差しが気持ちよさそうだわ……）

エレスティアが優しく目を細めると、ピィちゃんが喜んで翼を一回広げる。

「ぴぃ、ぴぴっ」

ピィちゃんは挨拶も終わったと言わんばかりにあくびをし、呼吸でゆっくり上下している心獣の上で同じく横になる。

（どちらも、疲れたみたい）

心獣は主人の魔力。魔力に関わらないことであれば影響は受けないというが、心獣も心獣なりに主人を気にかけていたのかもしれない。

（ふふ、そんなこと誰かに言ったら、不思議がられるかしら）

生き物のよう考えるのはエレスティアくらいであると、もう何度も聞いてきた。

エレスティアは、向かい側で自分の両手に温もりを与え続けている人へと視線を移動した。

そこには横向きになって、安らかに目を閉じているジルヴェストの姿があった。

（こんなふうに寝顔を見るのは、初めてかもしれないわ）

いつも、朝は彼が先に起きていた。

とはいえ『本当に眠っているのかしら？』といまいち信用できなかった。

ちらりと視線を下に降ろすと、ブランケットの腕側で彼に握られている両手が覗く。

（ちっとも離してくださらない）

手はガチリと握られていて、彼の眠りの邪魔をしていないか気になる。

けれど――と思いながら、エレスティアは若草色の瞳をジルヴェストの寝顔へと戻す。

（意識がなくなってもなお、彼は、私の存在をつなぎ止めようとしてくれているのかしら）

そんな考えが頭に浮かんだ途端、彼女も彼の手をきゅっと握り返していた。

嬉しくて、胸が張り裂けそうになった。

あとで説明するといったカーターたち、そうして話そうと言った古代王ゾルジアを待たせているのは申し訳ないが、今は、ジルヴェストのために一緒に眠ってあげたい。

（あれが、古代王ゾルジア）

ジルヴェストの体温でじわじわとブランケットの中も暖かくなってくると、エレスティアはうつらうつらとし始めた。

彼の温もりが久しぶりに思えて、瞼が重くなり、やがて目を閉じる。

閉じた瞼の裏の闇に、先程見た古代王ゾルジアの姿を思い浮かべた。

バリッシャーを滅ぼした、王。

接していて、エレスティアはそんな怖さは感じなかった。

ジルヴェストもそばに騎士はつけていないようであるし、危険はないと判断してのことなのだろう。

（扉の外に騎士たちが何人かいたけれど、警戒している様子もなかったわ……。私が休んでいる間カーター様たちのところにいたみたいだったから、カーター様たちも古代王ゾルジアからいろいろと話を聞けただろうし、きっと大喜びだったでしょうねぇ……）

夢うつつ、思案はいつの間にか睡魔の向こうへと落ちていく。


次に目を開けた時、両手を握る感触はなくなっていた。

エレスティアは目の前にあるジルヴェストの寝顔に安心した。見てみるとブランケットの中にある手は、彼女の手に優しく覆いかぶさっているだけだ。

起き上がっても、ジルヴェストは気づく様子さえなかった。

「よかった。熟睡されているみたい」

彼の寝顔を見下ろし、ほっとする。三日もろくに眠れていなかったと言っていた。熟睡して当然だろう。

エレスティアはベッドをそっと抜け出した。

隅で丸くなっていた心獣が顔を上げる。ピィちゃんも、寝ぼけたような顔を「ぴ？」と起こしていた。

「皇妃、お体は」

「大丈夫です。ご心配をありがとうございます」

慌ててやって来た侍女たちが、静かに安堵の息をつくのが聞こえた。

新婚旅行前にこんなことになってしまって、みんなにはとても心配をかけたことだろう。

今、皇帝は休んでいる。ここは皇妃である自分がとエレスティアは思った。

「魔法具研究局へ行きます」

「しかし、皇妃よろしいのですか？　皇帝がまたショックを受けられてしまうかもしれません」

歩きだし、声で起こさないようベッドから離れるエレスティアを侍女たちが焦って追う。

中の動きを察知したのか、アインスが扉を開けて顔を覗かせる。

確かに、あの様子を見たあとなのでエレスティアも心配になった。

（皇帝が不在の中、皇妃が役に立たなくてどうするの）

古代王ゾルジアを任せっぱなしなのはよくないだろう。

「あっ。そうだわ。ピィちゃん、おいで」

ハタと思い出し、手を伸ばすとピィちゃんが飛んできた。

「急に起こしちゃってごめんなさいね」

「ぴーっ、ぴぴっ」

指先にとまるなり、ピィちゃんが胸を張ってそう鳴いた。

「ふふ、何かあれば任せてと言っているの？　頼もしいわ。私が離れている間、ジルヴェスト様のそばについていてくれる？」

大抵の心獣は、主人に絶対の心配がないと判断するのに時間がかかるものだ。

それでいてあまり言うことを聞かせられない存在でもある。

けれどピィちゃんは、すぐに満面の笑みで応えた。

「ぴーっ」

ピィちゃんは『わかった任せて！』というように小さな翼を広げて鳴くと、ジルヴェストの眠るベッドへと飛んでいった。

「あなたも、お願いできる？」

目を向けた時には、すでにジルヴェストの心獣が太い立派な四足で立ち上がっていた。

心獣はエレスティアのもとへ歩いてきながら、顔を上げて、少し鼻息を鳴らす。

まるで『誰に言っている、もちろんそのつもりだ』と答えている気がした。

（ふふ、主人に似たのね）

エレスティアはピィちゃんとジルヴェストの心獣にそこを任せ、アインスと共に後宮の寝室をあとにした。


そのままカーターたちのもとに――。

そう思っていたのだが、皇妃という立場からかなわなかったようだ。

「まずは検診をさせてくださいませ」

アインスを連れて後宮を出た途端、警備の向こうに立っていたのは戦闘魔法師団の者たちだった。

軍服を見るに父の部下たちだ。

（こればかりは仕方がない、か）

父にもとても心配をさせた。心配しているのだろう。

母が病気で亡くなったことを考えると従わざるを得ない。臣下が身を案じているのも察している。

ひとまず魔法師の医療専門チーム、そして皇族の専属医にも調べてもらったが、魔力、体調共に問題なしというお墨つきをもらった。

「驚くほど安定しています。魔力暴走を懸念していた者たちも、安心されるでしょう」

血流や脈拍と同じく、魔力もまた本人の意志とは関係なく乱れるものだ。

それは魔力量が多い者ほど抱える問題だった。

心獣に魔力を預かってもらっている状態で、ほぼ満タンだ。

体内で一気に暴れ、最悪な場合はじけ飛ぶような事態になってしまったら――肉体に実害を及ぼす。

（だから強い魔法師として生まれた者は、〝自分のためにも〟否応なしに心獣と魔力と魔法を徹底して学ばなければならない）

この皇国の魔法師ならではのものでもあった。

通常、肉体に収まらない魔力を人は持ち合わせない、というのが魔法使いたちの持論だ。

持ち主の精神までズタズタに壊してしまうほどの魔力暴走というのは、心獣という存在がいるエンブリアナ皇国ならではのことでもあった。

「検査結果につきましては、すぐ事情を知る者たちに知らされることでしょう」

廊下へと出たあと、アインスが隣でそう言った。

「アイリーシャ嬢も安心されるかと」

「彼女はどこへ？」

「宮殿からの視察団として、西の国境へ。バレルドリッド国境は今、エレスティア様の二人の兄上がいらしていて、人は不要ですからね」

ドーランの代わりに二人が行っているのだろうとは、エレスティアも想像がついた。

廊下を歩いていると、よく声をかけられる。

どうやら後宮で新婚旅行前の休暇を過ごしていたと思われているようだ。

貴族の中には、皇帝の〝お相手〟をしていたと思っている人も多くいた。

エレスティアは言葉を交わしていくうちに、それが理由で休まれていたのだろうと、不在だったことに特に疑問は抱かれなかったらしいとわかってきた。

（――うん、夜伽はありませんけれど）

とはいえ、誤解がこうして臣下を混乱させないことに役立っているのは確かだ。

ジルヴェストか、もしくは側近たちもこの状況を見越してそう誘導している可能性もあるので、エレスティアからは何も言わなかった。

魔法具研究局へ行くと、古代王ゾルジアの前に集まっていたカーターたちが振り返った。

「体調に問題はっ？」

「カーター様、私は大丈夫です。きちんとアインス様が証人になってくださいました。ところで……この空気、どうされたのです？」

それが、と一瞬カーターが視線を逃がして口ごもる。

「……私たちは君が戻れば、うっかり肉体に召喚された偉人は消えると思っていた。けれど、古代王ゾルジアは消えずに残っている。……そのことについて彼が、消える方法がわかった、と」

カーターたちは、ちょうど今、推論を聞かされたそうだ。

古代王ゾルジアはそれについてジルヴェストに話す時間はないだろうと考え、魔法で手紙を書いたところだという。

「私がこのままここにいては君たちを困らせるだろう。彼の負担を増やしてもいけないからな、私がいなかった状態に戻そうと思う」

「ご厚意とご配慮をありがたく存じます。ですが、その……」

エレスティアは、視線を合わせないでいるカーターたちを気にした。

「いったい、何をお話しされたのですか？」

まるでとても悩んで、考え込んでいるように感じ、古代王ゾルジアに視線を戻す。

「私を召喚してしまったという現象についても謎が解けた。それについても彼らには先に話した」

「えっ」

「魔法器具は思った以上に君の潜在意識下に働きかけた。だがそれ以上の事故は何一つ起こしていない。そうして君の魔法がやや不安定だったことで、状況が混乱した」

「私の……魔法……？」

「ああ。だが、あれは事故ではなかったのだ。ほぼ正常に具現化された」

意味がわからない。

「混乱はわかる。それについてはあとで話そう。まずは状況整理のためにも、彼の話を先に聞くといい」

古代王ゾルジアの意見はもっともだった。

(何が起こったのか、それを知って頭の中を整理しないと、混乱が増すばかりだわ)

エレスティアがうなずくと、古代王ゾルジアが興味深そうに顎に手を添えてじっと観察し、ややあってふっと目元を和らげた。

「やはり、君は聡明だな。王家を背負うだけはある」

どきりとした。

(彼——皇家、とわざと言わなかったんだわ)

二人で話したい。

その言葉に含まれるものが少しわかった気がして、エレスティアは慎重に了承を示した。

アインスが気にしたように、眉根を少し寄せて耳打ちする。

「エレスティア様、何か?」

「いえ、何もありません」

エレスティアは困った顔に微笑みを浮かべた。

ひとまず局員たちも疲労困憊だ。徹夜の色が見えるとエレスティアが言うと、ビバリズがその通りだと苦笑しつつ打ち明けてくれた。

そこでエレスティアは、しばらく休息を取るように告げた。

室内にはカーターとアインス、古代王ゾルジアだけが残った。

そこで話されたのは、今日までの三日間と半日エレスティアはいなくなっていたということだ。

体に召喚された古代王ゾルジアが、その間宮殿内で過ごしていたという。

（つまり三日ほどジルヴェスト様はまともに眠れていなかったのね……）

それはドーランも身を案じたことだろう。まずはジルヴェストに睡眠を取らせ、休ませることを優先したのもうなずける。

いくら魔力量が膨大でも、魔力を安定させる精神が疲弊してしまえば治癒力は並みに下がる。

「つい先程までは罪悪感で心臓がどうにかなってしまいそうだったけど、君がいなくなった時はさ、『男になった！』とビバリズたちが騒いでいて面白かったよ。私も、ついに性別を変える魔法器具でも発明してしまったのかと本気で思いそうになった」

「私が……？」

どういう感想なのかと首をひねる。

すると見守っていたアインスが、口を挟んだ。

「並ぶと、不思議ですがまるで双子の兄妹のようであらせられますよ」

「え？　双子？」

「そうそう、改めて見ても同一人物同士だとしか思えない。それも不思議なんだよねぇ」

カーターが作業台の上に頬杖をつき、しげしげと見てくる。

二人揃ってそんな反応をされると――少し、気になる。

（……そんなに似ているの？）

エレスティアは、斜め後ろの方をちらりと見上げた。

そこには美しい古代王の姿があった。

「ん？」

古代王ゾルジアが、目を合わせて小首をかしげる。

端正な顔立ち、中性的な目鼻立ちに引き結ばれた美しい口元。誠実さがうかがえる切れ長の目の下には、小さなホクロが見える。

確かに彼の髪と瞳の色は私と同じで、親近感が――湧くはずがない。

（とんでもなく美しい人だわ）

自分みたいなのが並んでいてごめんなさいと謝りたくなるほどで、エレスティアは古代王ゾルジアに手をかざし、そろりと視線を遮る。

「エレスティア様、お考えが丸わかりです。ご自分で鏡はごらんになられているでしょう」

「あっはっは、髪を下ろしているから余計にそっくりに見えるんだけどねぇ。まぁ、古代王ゾルジアの方が長さは半分も短いけど。ほんと、男性になったみたいだよ」

きっとジョークだから笑っているのだろう。エレスティアはそう思った。

（美しいから、じっと見られると落ち着かないわ）

横からずっと注がれている古代王ゾルジアの視線に、アインスを盾にしてしまおうかという考えがよぎる。

けれど、そんなことはできない。

「古代王ゾルジアが消えなかったことを、アインス様たちも驚かれたのですね？」

「はい。存在していた偉人を呼び出すことさえ異例ですが、エレスティア様のお体を器にされているとばかり考えておりましたので。今、お二人はどちらも肉体があります」

「私たちでも問題なく触れるし、彼はこの通り魔法も変わらず使える」

カーターがそばから、指に挟んだ手紙を見せてくる。

「まっ、本人は肉体とは違った、現在に具現化された肉体だとよくわからないことを言っているけどね。飲食だってできるんだよ？」

「初めはできなかったのですか？」

「心獣と同じだった。それが、今や君の〝ピィちゃん〟と同じだ」

カーターとしては、その『現在に具現化された肉体』とやらについて知りたかったようだが、時間が足りなかったらしい。

いや、そもそも、他に頭を占めていることがあるのだろう。

「君は古代王ゾルジアと最後の話をするといい。私は皇帝陛下が目覚められてないか確認してこよう」

それほど、古代王ゾルジアが彼に託した手紙の内容は重要のようだ。

「ちょうど部下たちもいないけど、この部屋を使う？」

皇妃として、人々の混乱を避けるためにも自分が相手をすることは当初から決めていたことだ。

(でも、ここにいるのはこれで最後)

エレスティアはすぐカーターに答えられなかった。

(今はピィちゃんと同じ……)

考えるなり振り返ると、彼女と同じ若草色の目が見つめ返してきた。

「この宮殿が立つ王都を眺められる、素敵な場所があるのです。ジルヴェスト様に教えていただいたところです。一緒にいかがですか？」

引きこもりだったエレスティアに、王都は怖いところではないと教えるためジルヴェストが誘ってくれたところだった。

心獣に乗るようになる前だったから、きっと高さに慣らす意味合いもあったのだと思う。

古代王ゾルジアが柔らかな眼差しをした。

「そうか。それでは案内されよう」

初めて見る微笑みに、内心驚く。

(どうしてかしら、王様に思えないわ)

ただの、エレスティアと同じ普通の人に見えた。


アインスは心獣をそばに置いていないのでと心配したが、エレスティアは大丈夫だと答えて古代王ゾルジアを案内することにした。

歩くエレスティアと古代王ゾルジアを、魔法師たちが目でさりげなく追いかけるのが彼女は気になった。

(……縁者か何かと思われているみたい？)

エレスティアは、すれ違った魔法師たちが離れていく際に聞こえてきた彼らの囁きに、つい耳を澄ませる。

古代王ゾルジアは、宮殿の通路を歩く人の視線も気にならないようだ。

そのまま心獣を持つ者たちだけが通れる制限された通路へと入った。しかしそこで、彼は眺めていた風景からアインスへと視線を移動した。

「皆があの小鳥がいないことを話しているな。連れていかないで大丈夫なのかと彼女を心配しているようだが、なぜだ?」

「エレスティア様は心獣がいないと安定して魔力を引き出せないのです。護衛面について心配しているのでしょう」

「――ふうん?」

古代王ゾルジアが片眉を少し上げる。

何やら気になる『ふうん?』だったが、彼はかなり知識欲があるらしい。護衛騎士たちが後ろについてぞろぞろと足音を響かせる中、「初めて通る道だ」と言って、壺の柄の名前、建築技術などどんどんアインスへ質問し、こちらが尋ねるタイミングはなかった。

しまいには、アインスは一緒にいたくないという空気まで漂わせたほどだ。

王の間の近く、人の通りがない尖塔《せんとう》へと続く階段を上がる。

そこには人が二人通過できるほどの木の扉がはめこまれていて、元の軍事監視棟であり、今もその雰囲気が残されている。

アインスが鍵を開けて、扉を開く。

「エレスティア様、何かありましたらお声掛けください」

扉の前で待っていてくれるようだ。

(気持ちは嬉しいのだけれど、……聞こえないかしら?)

しばらく自分の体を借りていたという古代王ゾルジア。彼と、夢でも会話したという内容は気になっていた。

次第に少しだけ思い出したのだが、自分は、悪夢が見たくなくて固く目を閉じていた気がする。

「問題ない」

エレスティアに続いて扉をくぐった古代王ゾルジアが、背後で閉じられたそこを振り返った。

「〝人の声のみ、遮断〟」

言葉に乗って魔法の薄っすらとした光のヴェールが、扉を覆う。

不思議な魔法呪文だとエレスティアは思った。

「君とはじかに話したいと思っていた」

「光栄です、王。こちらへどうぞ」

「私のことはゾルジアでかまわない。少ない友人はそう呼んだ」

（意外とフレンドリーなお方なのね……）

とはいえ、古代王を呼び捨てなんてできるはずがない。

エレスティアは、ひとまず難しい回答についてははぐらかすことにし、彼を連れて尖塔の屋根の下を少し歩く。

「なんとも美しい町だ。いい王なのだな」

進むと、美しい町並みが空の下に広がっている。

「はい。私も、こんなにも町並みが広がっていくとは想像していませんでした。心獣ができたのも最近で、空を飛ぶこともなかったですし」

「君の夫は、上から眺める町を教えたくて案内したのだな。よき夫だ」

どうして彼はわかるのだろう。

（本当に、宣教師か司祭みたい……）

エレスティアは、自分の隣で塀に寄りかかった古代王ゾルジアを見る。

彼は吹き抜けた風にハニーブラウンの髪を揺らしながら、楽しそうに眺めていた。喜んでもらえてエレスティアも嬉しくなる。

「君にも礼を言おう。最後まで屋内では申し訳ないと思ったのだろう？」

「はい……」

戻された視線に、心を見透かされて少し恥ずかしくなる。

「具現化してこの世に召喚されたとはいえ、王は、生きています」

カーターの話からしても、彼は自分の歴史が終わる瞬間までの記憶も持っている。

「ふむ。まぁ、正確に言えば私は死んだわけではないからな」

「えっ？」

「あの研究員たちにも話したが、ここに来てから散々『死んだはずの』扱いをされてきた私は、自分でこの世界から消えたのだ」

エレスティアが目を丸くしている間にも、彼は青空に向かって手を伸ばして目を穏やかに細めていた。

「私がいた時代では魔力が多い魔法使いほど長命だった。三百年以上過ごした私は、そろそろ私という王を消そうと思った」

「どう、して……」

「王となってから数えると約百年近くであるが、私には老いの変化がこなかった。魔獣を国から退け、問題があれば私がつぶし、人々は守られ何者にも脅かされることがない平和な時代を過ごした――私は、私の存在が人々から変化と成長の機会を奪っている気がした。私が王位にいるせいで、誰も王戦さえ起こさなかった」

当時は、強い者が王位を勝ち取る。

「それだけ古代王ゾルジアが強かったのですね……」

『謎の三百年』で、魔獣の記録がいっさい存在していないことも理解した。

――大魔法〝絶対命令〟。

古代王ゾルジアは、王になる前からそれを行使していたのだ。

(年齢を聞いても、ピンとこないけど……)

「英知でも競うが、申し訳ないことに〝英知の称号〟も私が持ってしまっていてなぁ。世界の理《ことわり》を魔力が教えてくるものだから、勘もやけに働く。正論しか導き出さない――仕方がないのだ」

「魔力？　そういえば、カーター様も仮説を口にしていました」

「ああ、仮設は七割ほどあたっているとは教えてやった。あとは自分たちで捜し出せ、と。私は本来ここには存在しない人間なので、誰かの運命や未来を変えてしまうようなことはできない」

「なるほど……確かにその通りですね」

正論だとエレスティアは思えた。

カーターたちは、目の前に歩く答えがあると大興奮だっただろうけれど。

「とはいえ、君とは話さなければならないと思った」

古代王ゾルジアが、塀に両腕をのせて顔を覗き込んでくる。

「髪や目の色だけでなく、私と君は確かによく似ている。この国内の一帯に張り巡らされている『絶対命令』の対魔獣の防御壁も、君だろう」

「えっ、おわかりになられるのです？」

「何十にも小さく国が分かれているのだ。現代の一国程度であれば、私の魔力感知が届く」

とんでもないことだとエレスティアは思った。

「私が当時国を覆った強固な見えない防御壁もまったく同じだ。面白いことに、私は君以外、私と同じく〝底なし魔力〟の持ち主は見たことがない」

「え」

「ああ、当時の測定器を振りきってそう言われるようになったのだ。だが、この時代も同じだと思うな。我々は世界の魔力に選ばれてしまっているような状態だ、と私は考えている。興味深い共通点としては、君も私も、〝二度目の人生〟を経験しているということだ」

口角を魅力的に持ち上げた彼の言葉に、驚きで息が詰まりそうになった。

「恐らく前世持ちは魔力に優れるという法則か何かがあるのだろう」

「ど、どうして、私が二度目の人生だと……」

「失礼ながら、器となってもらっている時に君が思い出している記憶は共有してしまった。召喚されている身ゆえ、許可なく手を差し伸べることもできず、君が悪夢を見ないよう声をかけるくらいのことしかできなかったが」

あ、とエレスティアは思い出した。

「……それでは、私の前世はもうご存じなのですね。興味深い共通点に二度目の人生を経験している、とおっしゃいましたが、ゾルジア大王も一度目の人生の記憶が……？」

「ああ。私は力もない羊飼いだった。無力なまま戦禍に巻き込まれ、魔獣ではなく人間の手で死に追いやられた憐れな少年だった――気づけば私は、同じ時代に魔法使いとして生まれ変わっていた。力や、権力の虚しさを知っている。だから私は表舞台に立たないつもりで隠居生活を始めた」

彼は優秀な魔法使いの弟子たちまで輩出した。

そこから『謎の三百年』の前期古代王が誕生し、彼の頼みで助言者として城に上がる。そうして次の古代王のそばにもいた。

（それが、絵画に描かれていたローブの男の正体……）

話を聞きながら、あまりにも長い年月の歴史でやはりエレスティアは頭がこんがらがりそうになる。

賢者であり、三百年以上生きた最強の魔法使い。

そうして彼は、変化もない、つまりは人々の成長もない絶対安定の時代を終わらせるべく、消えることにした。

「私の体は魔力と共にこの世界に溶けて、そして私の意識は消えた――が、ふっと目を覚ましたらここにいた。初めはなぜだろうと不思議でならなかったが、君の記憶と心に触れて理解した。恐らく私が、君の魔法そのものになるからだろう」

「……はい？」

こちらに向き合った古代王ゾルジアを、エレスティアはぽかんと口を開けて見上げる。

「魔力は感情に反応する。それは知っているな？」

「はい。それは何度か耳にしました」

優しい眼差しに促され、こくりとうなずき答えた。

「君は意識を失う直前、愛する皇帝といる身であるのに、守るための攻撃手段を持たないことを悩んでいた。そうしてあの魔法器具の中に立った時に、君の中にある魔力は、無意識で君に新しい魔法を使わせた」

「私が……新しい魔法を？」

「そう。私をここへ呼んだのは、君自身だ。ここに具現化している私は——君が持つ最大の攻撃魔法そのものだ」

だから彼は先程『魔法そのもの』という言い方をしたのか。

「ま、待ってください。あなたが、私の攻撃魔法だなんて」

「適任ではある。君と同じ魔法を使えるのは私のみ。生きていた頃に同じ魔力は見たことがなかったが——それにしばらくここで過ごしてわかったが、君の魔力は古代の私や、王戦を競った偉大な魔法使いたちと同じものだ。現代の魔法の使い方では扱えない。私であれば、教えることもできる」

話が壮大すぎて、すぐにのみ込めそうにない。考える時間が欲しい。

（つまり、この世にいる魔法師の魔力とは少し違うということ？　だから私は……魔法がうまく使えないでいるの？）

古代人と同じ魔法を使う。だから、魔法師の教科書は役に立たない。

自分には、攻撃魔法は使えない。

浮遊魔法がうまくいかないこともあって、ドーランの推測を聞いた時にエレスティアは納得した。

確かに自分は、とてもではないが誰かを攻撃することなんて、できないだろう。

「……最大の攻撃魔法と言いましたが、私の魔力は本来、攻撃魔法もできるのですか？」

「本来は攻撃に長けている。私はその力で、何億もの魔獣を殺した」

想像が浮かび、エレスティアはゾッとした。

「もちろん加減は利く。方法を学べば」

「で、でも、そもそも攻撃を誰かに肩代わりして、任せてしまうなんて」

「それでかまわない」

怯えるなというように古代王ゾルジアが、エレスティアの腕を左右から包み込んだ。

「私はその役割を嫌だとは思っていない。君自身と話し、知ったうえで、私もそれがよいと思えた」

「どう、して」

「君は優しい。前世が〝ああ〟であったからこそ、君は誰かを愛し、優しさや喜びを遠慮せず誰かと笑い合える第二の人生を送るべきだ。我々は強大な魔力を持った。それを使うために、人らしい感情を捨て去れなど、君の心獣も望まないだろう」

「それは、どういう……」

「そうか。心獣がなんであるのかは、この皇国でも〝謎〟とされていたな」

古代王ゾルジアがそっと手を離して「ふむ」と言う。

「まだ、魔獣がどこで生まれ、どういう忌まわしい存在なのかも解明が進んでいないとなると、私がその答えを言うわけにはいかないな」

「あなた様は知っているのですかっ？」

「書物を読んで現在を正しく把握したが、当時の技術や英知に追いついていない。私が消えたあと、文明が一度粉々になるほどの魔法大戦争が起こったのだろうな。魔獣がなんであるのかは話してやれないが――殺さなければ、いや、死を与えなければならない忌まわしきものであるとは言っておこう。現れたら、容赦してはいけない世界の敵だ」

「……どうして今、そんなことを言うのですか？」

「君はこの皇国から『絶対命令』で魔獣を出したが、国の外に出れば魔獣に会う機会も当然のようにあるからだ。数日後には他国へ行くのだろう？」

一歩国境から外に出れば、魔獣がいる。

それはあたり前にわかっていることだが、エレスティアは心を見透かすような古代王ゾルジアの眼差しが気になった。

まるで『覚えておくように』と助言されている感覚に陥る。

「心獣については――そうだな」

はぐらかすように古代王ゾルジアが視線を外し、言った。

「もし心清らかで強い魔法使いがいたとしたら、魔獣との戦いで人々と共に寄り添い戦ってくれる存在が生まれないだろうか、とは考えたことがあった。世界は均衡を保とうとする。力も、存在も、だから心獣を見た時に、世界の進化には感銘を受けたものだ」

古代王がすごいというより、彼がすごいのだとエレスティアは感服する。

確かに、王になる以前は賢者と言われていたのもうなずける。

「魔獣とある意味では逆だという説は存在していますが、……心獣はあくまで主人だけを守る魔力そのものです」

「魔力には情がない。だが心獣には情だけでなく、生命としての固有の意志も宿っているのは感じた。彼らは魔力の中に奇跡的に存在した善意が『魔獣から守りたい』という形になって生まれた、君と同じく〝生きているモノ〟だよ」

「えっ、つまり……生き物？」

「私だったら生き物と分類するな。そうでなければ恐れを抱いて君を避けようとはしないだろう」

「どうして私を避けるだなんて」

「あらゆる魔力を動かせるのだから、魔力そのものでできている存在は怯えるものだ。肉体を持たない【精霊】もそうして私を恐れ、たかが人間である私を自分たちの王のごとく扱った」

あらゆる魔力、精霊と言われて頭がこんがらがってくる。

（彼、あっさりと心獣を分類してしまったし）

「ん？　精霊について知りたいか？」

「いいえっ、今はいいですっ」

エレスティアは両手と共に、首をぶんぶん振った。

知識が膨大な彼の話を聞き続けたら、たぶん疲弊しきってしまう。

つまり情があるから、心獣が主人を思って未来を憂うこともあるのだとは理解した。今は、それだけでいい。

「あっ」

「他に何か？」

「心獣は魔法が使えないはずなのでけれど、ジルヴェスト様、私の夫の皇帝の心獣だけおかしなことが……」

古代王ゾルジアが、ゆとりある袖に手を入れ、首をかしげる。

「おかしなこと？　興味深い、申してみよ」

「えっと、その……夫の心の声が、心獣の胸元からダダ漏れになるのです」

「は？」

ここだけの秘密です、とエレスティアは手を口に添えて声を潜めてそう教えた。

魔法がかかっている状態なので、その配慮は不要だっただろう。だが、こうやって誰かに話すのは初めてだった。

古代王ゾルジアは軽く目を丸くし、それから小さく噴き出した。

「お、お笑いになられたのですかっ？」

「いや、実に情ある生き物らしい行動ではないか」

「それでは、やはり彼の心獣自身が行っていることなのですか？」

「君が言う通り主人のことしか考えないのであれば、主人へのお節介とも推測できるだろう。だが、アレは魔法ではないだろうな」

彼はそう言って顎を撫で、空へ一度視線を流し向ける。

「心で意思疎通ができるとは聞いている。彼は、自分が受け取っている主人の意思をそのまま君に送っているのだろう」

「……そんなことできるのでしょうか？」

「皇帝である君の夫の心獣は、他より一際強い魔力の塊だ。魔力を同調させれば可能であるような気もする」

「同調……」

とつぶやいたエレスティアは、初夜をハッと思い出した。

（あっ、そういえば私、額を押しつけられてそこが温かく光って）

あれが『同調』というものだったのだろうか。

「何か思いあたることが？」

「少しだけ……でも、どうして私に聞かせるのでしょう？」

「皇帝の一目惚れだとは研究員たちに聞いた。状況から簡単に推測を一つ立てるのなら、まさに主人へのお節介。魔力から君の前世を感じ取り、聞かせざるを得ないと判断してのこと、とか」

「魔力から……？」

「魔力というものは、我々が思っている以上に情報を持っているものだ」

けれど、聞かせる必要があったと考えると腑に落ちる気もする。

（聞こえなかったら私、ずっとジルヴェスト様を恐れていたかもしれないわ……）

彼を誤解し、怯え続け、その間にもドーランたちが第二側室を待って離縁の動きに乗り出していただろう。

「一際風変わりなのは確かだが、この先は教えてもらうのではなく、君自身で彼の心獣と打ち解けていくといい。情を持っているとはいえ、魔力そのもの。距離を縮めるには時間がかかるだろう」

「はい」

ピィちゃんに接していて、エレスティアは心獣を生き物と考えるようになっていた。

古代王ゾルジアが言うように、心獣が情を持った存在というなら、エレスティアは自分でいつか、本当の理由や考えをジルヴェストの心獣から知ることができる日がくるといいなと思った。

「君は攻撃をしないことを選んだ。それなら、その役は私が引き受けることを、ここで約束しよう。君はそのままでいていい」

「王……」

「久々に愉快な人間たちを見させてもらった。誰も私を知らず、恐れないこの世界は楽しいな。攻撃手段として以外にも、魔法のことで教えを乞いたい時、迷いを導く助言者としてでも、いつでも気軽に呼ぶといい」

古代王ゾルジアが、吹き抜けた風を感じるように手を出し、そこを見て微笑んでいる。

その笑顔を見ていると、エレスティアは『呼ぶなんて』という否定の言葉が出てこなかった。

「私はこの時代の、この国と君がうらやましい」

「どうしてですか？」

「王は、孤独である。私はまさにそうだった。心獣のように、死まで心を支えてくれる人生の友がいたのなら、私も孤独を感じ続けなかっただろうにと想像してな」

彼は、心獣をそのように考えているのだ。

その言葉はエレスティアも共感できた。ピィちゃんが現れた時、同じことを思って、出会えたことを心から喜んだから。

「私がこのままいても皇帝には迷惑をかけるだろう。私が消えるための方法とは、つまり魔法の主である君が、魔法を解除すれば解決する」

「……そうすれば王は、消える？」

「ああ」

「消えたら、どこへ行くのですか？」

エレスティアは思わず、ドレスの胸元をぎゅっと握る。

「心配せずともよい、心優しい皇妃エレスティアよ」

告げた古代王ゾルジアは、とても優しい表情をしていた。

「君たちでいうところの、少し眠るようなものだ。それに、もしこれで私が消えたのなら、君の魔法で召喚されたのだと証明される」

「もう一度呼び出せるかはわかりません」

「君は難なく私を呼べる。我々は魔力を飼い慣らしているように見えて、我々こそが魔力に囚われているのだ」

「え？」

「君の魔力は、君が殲滅《せんめつ》や破壊をしないとわかって、やり方を変えることにしたのだろう」

大きな魔力を持つことは幸せなことではない――古代王ゾルジアはそう言っているようにエレスティアには聞こえた。

（でも……そう、かも）

魔力量がある子供は、魔力暴走を起こさないために英才教育が開始される。

自分の命を守るためにも、学びなさい、と。

そして否応なしに魔法師が誕生する。

誰もがうらやんでいるわけではない――のかもしれない。

公爵家なのに脆弱《ぜいじゃく》魔法師だと、非難されてきたエレスティアとしては思ってもいなかった見解だった。

「さあ、やろう。君の夫が目覚めた時に、君を心配する」

「は、はい」

古代王ゾルジアが、もう風景は十分に楽しませていただいたというように、満足げな表情で塀から離れる。

エレスティアは慌てて彼についていき、扉と塀の中央の位置で足を止める。

「あのっ、でも私、魔法の解除はしたことがまだないのです」

「我々の魔力は動かし方が少々違っている。召喚魔法の解除についても、私が教えよう」

彼が両手を差し出す。エレスティアはこくんとうなずき、そろりと指先をのせた。

「ただ頭に思い描き、願えばいい」

「……えっ？」

「魔力とは、我々の感覚そのもの。難しい小手先の技術などはいらない。願えば、それが形になる。それが私の知る〝魔法〟だ」

触れ合っている場所からブルーの光が巻き起こり、同じ光でできた鳥が何羽も羽ばたいていく。

「涼しい……」

「心地よい冷風にも、寒い日には温かな春風にもできる」

一度二人の手元へと下りた古代王ゾルジアの視線が、エレスティアの顔に戻ってくる。

「エレスティア」

名前を呼ばれた一瞬、彼女は不思議と他人とは思えなかった。

視線を、絵画から抜け出したような美しい男の顔からそらせなくなる。

（瞳が、波立っていない湖みたいに澄んでいるからだわ）

アインスも無表情だが、それとは違うと感じた。

まるで、古代王ゾルジアは自身の感情にさえも興味がないように思える。

「同じ魔力を持ち、この時代にまるでもう一人の私のように生まれた君に、我々の秘密を教えよう」

「……秘密？」

「大きすぎる魔力は感情に直結し、反応する。どんな魔法でも形にしてしまう」

「どんな、魔法も……」

とすると、使えない魔法はないのだ。

エレスティアはその事実に驚愕する。手が、微《かす》かに震えた。

「言葉はいらない。思い描くだけでいい。そうして想像が勝手に我々から魔法をつくり出すのだ」

「……なら、私は、見た誰かの魔法さえも真似できるのですか？」

「真似というよりは完璧な再現だ。見たものだけでなく、聞いたものでさえもできる。必要な感情がともなえば君の魔力は応える。前世の記憶が戻り始めているのは君に必要な感情を戻すためだろう」

エレスティアは恐ろしくなった。

「わ、私、以前刺客に襲われた時に一瞬記憶が途切れているんです。攻撃魔法を展開しようとしていたのかもしれません」

「大丈夫だ。君はすべての魔力を振るうことを自らに許していない。だから心獣は普段小さい。あれは君の望みをくみ取り、あの形になっているのだ。君のために、あれは小鳥としてそばにいることを決めた」

「ピィちゃんが……」

「君が今の状態で魔法を放っても、あれが小鳥でいる間は出力の制限を強制的にかけている」

「よ、よかった」

ほっとしたら体から力が抜けた。

よろけそうになったエレスティアの手を、古代王ゾルジアがしっかり握ってくれる。

「この時代に、そしてこの国に君が生まれてよかった。心獣がいる限り、君は私のようにはならない」

「あなたのように？」

「私は感情を無にすることにした。つまりは、感情が動かないよう自分を制した」

「えっ」

意外とマイペースらしいとアインスはこぼしていた。

エレスティアも『王なのに高圧的でない』と不思議に感じていたが――彼は、感情をほとんど動かさないようにしていたのだ。

「……楽しいとおっしゃったのは、本心だったのですね」

「敏い子だ。そうだよ」

「ここにいれば、少しは感情を制することから解放されているのですか？」

「抑えは、利く。――先日はバリッシャーの件で、少し感情が込み上げて周りの者を脅かしてしまったが」

面目ないことだと、彼が手を離しながら口元に微笑を浮かべていた。

召喚魔法が作用しているのかはわからない。

ただ、ここにいる彼は少しなら感情に引きずられず、魔力を抑えていられるのかもしれない。

「つまりそういうことだ。だから、私を呼ぶことを遠慮しないでいい」

「ですが——」

「かといって、私はそれを盾に『呼んでくれ』と言って君を困らせるつもりはない。選択は自由だ。だが覚えていて欲しい。いずれ君は選択を迫られるだろう」

「選択？」

「君が持つのは、王の力だ。冷酷と言われようが一つの椅子に国民のため王として座るのか、人としての幸せを求めて誰かと添い遂げるために私とは違う方法を選ぶのか——力を持った君は、いずれ選ばなくてはならなくなる」

彼と違う方法、というのは攻撃魔法を彼に任せることだろう。

(冷酷と言われようが一つの椅子に——)

エレスティアの頭に浮かんだのは、ジルヴェストだった。

強面をした皇帝。冷酷で、無情。

彼が皇帝でよかったと、彼こそが皇帝であると誰もが一目置いているが、兄たちでさえエレスティアと結婚させるのを当初から強く反対していたくらい警戒していた。

彼の王としての采配は、常に正しい。

正しいからこそ、皇国一の魔力量と魔法数も含め絶対的な支持を受けている。

『ご自身で決めなければならない。私からは、そして誰も導いて差し上げることはできないのです』

両親が急死し、突然皇帝の地位に就くことになった。

ジルヴェストはたった一人、残された直系の皇族として玉座に座った。

誰も皇帝に寄り添うことはできない。臣下は支えるのみ。本来共に政治の力になってくれるジルヴェストの父も、母もいない。

たった一人、彼は戦争をさせないための外交も国の平和も戦い守り抜いてきた。

「私は……愛する彼を隣から支えてあげられる妻として、彼の負担を、彼が受けるつらさや葛藤の想いもすべて分かち合える人になりたいのです」

急に攻撃魔法のことを言われても、すぐに答えなんて出ない。

この力があるから難しいと言われようと、自分に皇帝を超えるかもしれない大きな力があると言われても、エレスティアの夢は変わらない。

心配なのは、この状況で不穏な動きを見せる者たちが出てしまう可能性についてだ。

「私の魔法のことも伝えているのですか……？」

「伝えていない。君は誰もが推測しているように攻撃魔法には向いておらず、私がその攻撃魔法そのものして召喚されたことは説明してある」

「ありがとうございます」

よかった、そう思ってエレスティアは潤んだ目で微笑み、自分の胸に手をあてた。

「私は、今世で心から愛してくれた夫と、共に生きる道が願いなんです」

古代王ゾルジアが口元に微笑を浮かべ、ゆったりとした瞬《まばた》きと共にうなずく。

答えは自分のタイミングで決めるといいと、彼の姿勢が語っている気がした。もう話は十分した、とも。

別れの言葉も、もしかしたらまた会うかもしれないことも彼は述べなかった。

エレスティアは緊張した手を、静かに伸ばした。

彼と同じようにできるかわからないが、唱えてみる。

「……〝召喚魔法を、解除〟」

すると、古代王ゾルジアの体が金色の光をまとい、彼の姿は金色の粒子へと崩れて風と共に空へと消えていった。

エレスティアは、自分の魔法で彼が召喚されたのだと実感した。

第五章　久しぶりの皇帝の溺愛にたじたじです

それからしばらく、新婚旅行の準備確認にも追われることになった。

残り四日を切ってしまっていたので、エレスティアは宮殿に届いた荷物が問題ないか後宮でも確認に追われた。

シェレスタ王国へは最大二週間の滞在予定だ。持ち物だって多い。

周りは、変わらずエレスティアと過ごしてくれた。

古代王ゾルジアが彼女の最大の攻撃魔法、ということは彼の召喚を知らされた者たちにだけ共有されたようだ。新婚旅行の邪魔はしたくないと、あまりエレスティアの考えに負担をかけないよう配慮されているのは感じた。

実際に、そんなことができるのか試してもいないのだからわからない。

忙しすぎて、エレスティアも自分からその話題を振ることはなかった。初めての外交公務となるので、ミスはできない。

王族やその関係者と会う場合の作法などについても確認し直した。

それから、倒れてしまった皇帝の回復のため公務への手助けもあった。

とはいえジルヴェストは一緒に執務に入るものだから、エレスティアは彼を休ませられているのかわからなくなる。

（休ませたいのに本人が隣で書類作業をこなしている……）

魔法具研究局での一件が尾を引いているのか、ジルヴェストがまったくそばを離れない。

執務を行っているエレスティアの隣で、彼は自分の椅子に座って同じく書類を確認してはペンを走らせ、仕上げたものを補佐官の腕にのせていっている。

そのスピードはさすがと思えるほど、速い。

毎晩たっぷり睡眠を取り、共に食事しているので健康的な生活であり問題ないと本人は言った。

確かに、魔力量もあってかジルヴェストは一日半で公務をバリバリこなせるほど回復した。そして出立まで残り二日で、先日休んだ分の遅れもすべて取り戻した。

予定されている分の仕事は出立前日までにすべて終わりそうなので、宰相たちも感心している。

だが、ジルヴェストの体調の回復を考えてエレスティアに仕事が振り分けられたのに、それにより時間に余裕ができたぶん、いつもはやらない事務処理の対応に忙しく動いている始末。これでは意味がない。

「(意味はないでしょうね)」

「(ですよねー……)」

「(ですが皇帝陛下がそこからお動きになられないから、皇妃様のせいではありませぬ)」

視線を送ったらアインスは目で応えてきたし、思わずシクシクとしたエレスティアに、書類待ちの大臣が口パクでそうフォローしてきた。

でも、そろそろエレスティアは時間だ。

今日はスムーズに行けますようにと密かに思いながら、間もなくアインスの合図でペンと印鑑を片づける。

「それではジルヴェスト様、私は少し――きゃっ」

腰に腕が回り、引っ張られて驚いた直後にはジルヴェストの膝の上に座っていた。

「よし」

（何も『よし』ではありませんっ）

それはエレスティアだけでなく、視線を向けた全員の顔に浮かんでいた。

エレスティアが戻ってから、ずっとこうだった。

「あ、あの、もう行きませんと」

「わかった。これを済ませたら俺も同行しよう」

「支度部屋に殿方は入れませんっ」

エレスティアは真っ赤になって断言した。

毎晩、本気で湯浴みも共にされそうになっていた。この勢いだと彼は着替えも平然と見そうだ。

抱くジルヴェストの左腕に力が入る。

「エレスティア、ここにいてくれ」

耳元で囁かれ、その吐息に「ひぇ」と頬が朱に染まる。

「……は、い」

「よし」

頭に柔らかな感触がして、彼が器用にも片手で書類作業をこなしていく。

アインスが額に手を宛て、天井を見ていた。

真っ赤になったら動けなくなるのをいいことに、わざとそうしているみたいだと、エレスティアも気づいていた。

（こ、心の中だけじゃなくて、態度まで甘くなるのはずるいですっ）

こんなふうに強引に触ってくることもない人だったから、前世を含めて初めての恋心がばくばく音を立てている。

その時、エレスティアは目の前に小さな黄金色の小鳥がやって来るのが見えた。

「まぁ、ピィちゃん」

「ぴー！」

ジルヴェストがペンを走らせる頭の向かいで、ピィちゃんが嬉しそうに翼を広げる。

（この子がいるということは）

エレスティアが期待の目をしたのと、室内で男たちが同じく期待して扉を見たのは同時だった。

すると、そこからコツリとヒールを鳴らしてアイリーシャが入室してきた。

「皇帝陛下、皇妃様を迎えに参りました」

「今は忙しい」

「忙しいのは皇帝陛下ですよね。皇妃様はご解放ください。これからご公務です」

「歓談なら俺がする」

「いいえ、これは元々〝皇妃様に入っていた〟公務です。昨日のように代わりに立つのではありませんので、皇帝陛下に用はありません」

用はない、とはっきり告げたアイリーシャに若い文官が身をすくめる。

アイリーシャは皇帝の戦力の要の一つであるロックハルツ伯爵の娘にして、魔法だけでなく体術にも優れ、剣術大会の優勝者でもある。

戦闘魔法師としては初めて女性班が優秀であると皇帝に認められ、リーダーの彼女は若くして、皇帝の軍の仕事を支える補佐の一人にも置かれている。

「今から皇妃様はファウグスト国王エルヴィオ第四王子と歓談のご予定が入っています。お着替えをしていただきたいのですが」

「アイリーシャ嬢、まだ時間はある」

「それ、四度目の台詞《せりふ》だと、ご自覚ありますか？」

やり取りが増えるだけ、次第にアイリーシャの口調も言葉も容赦がなくなっていく。

室内にいた者たちがハラハラした感じで二人を見比べている。

エレスティアも、ここ数日こうしたことが続いていたから嫌な予感を覚えて胃がキリキリしていた。

この状況だと大変ありがたい助っ人だが、言い争いには慣れていないので心臓に悪い。

「皇妃様に『他国の王子との歓談に遅刻』という不名誉な噂が立ってはいけませんので、もう直球に言いますわ。――とっととわたくしに皇妃様を任せてくださいませ、すべての公務をご一緒にはできませんわよ」

「渡したくない、俺の癒やしだ」

アインスがそばで「あ、本音がとうとう出ましたね」とぼそりとつぶやきを落とす。

次の瞬間、アイリーシャからブチリと音が上がったように、エレスティアは感じた。

執務室内にとどまらない非難と正論の忠告の嵐が起こる。ぎゃんぎゃん言っている娘の声が廊下まで聞こえたのか、彼女の父であるロックハルツ伯爵が「何事⁉」と顔を覗かせ、卒倒しそうになっていた。

ファウグスト国王は、古代王ゾルジアについての王家秘蔵の資料の写しの件で定期的にエルヴィオを寄こした。

彼は友好国の代表責任者に指名されたので、頻繁に来ても問題がない。

エレスティアは気軽にお茶をできる相手も限られるので、やって来る彼との歓談は、休憩を兼ねてほっとできる茶会になっていた。

「何かあったのですか？」

「えっ？　いえ、出立に少し緊張があるだけですわ」

着替え、歓談部屋へと入ったエレスティアはようやく一人で一息ついた。

疲れを垣間見られたのか、エルヴィオに心配されてしまったが、ジルヴェストが離してくれない、なんて言えるはずもない。

（のろけだと言われてしまうわよね……）

エレスティアとしても、普段は冷静な判断ができる夫のあのような状態は、早く落ち着いて欲しいとは思っている。

けれど同時に、それだけ想われているのを感じて嬉しい。

エレスティアにとって、古代王ゾルジアと変わっていた間は、目を閉じた一瞬の出来事のような感覚だ。

次に目を開けた時、崩れ落ちそうになったジルヴェストの姿は心臓が止まりそうなほど衝撃的な姿だった。かなり心配したものの、それほどの深い愛情なのだとエレスティアの心に深く刻み込まれている。

そもそも古代王本人の再来なんて、まさにエルヴィオと彼の国が大喜びしそうな大事件だ。

エレスティアは上目遣いに向かいの席を眺める。

（私の魔法だと言われても、実感はないのだけれど）

古代王が攻撃魔法そのものになんて、そもそも聞いたことがない。もし本当だとしたら、自分の扱いはどうなるのだろう。

いや、ジルヴェストを困らせることにならないだろうか。

それが気がかりだった。

古代王ゾルジアが現れた時にも、彼はいろいろと対応に追われて大変そうだったとアイリーシャにも聞いた。

（公表を避けるよう皇室から命令が来たとカーター様もおっしゃっていたし、これで私が本当に古代王ゾルジアをまた呼び出したら、困らせてしまうのではないかしら……？）

ジルヴェストのためになりたいのに、エレスティアが得たのは、愛する彼を困らせることなのだろうか。

そう考えた途端、胸がどくんっと重くなる。

（彼は――どう、思ったのだろう）

あえて避けるように話題に出してこないから、エレスティアもつい聞きそびれている。

新婚旅行に水を差すようなことはしたくないと彼なりに配慮してのことだとは思っている。心の声を聞く限りでも、その話題はなかった。

でも、それがもし、頭が痛すぎて意図して考えないようにしていることだったら？

「エレスティア様？」

向かいのソファにいたエルヴィオが、不思議がって声をかけてきた。

「えっ？　あ、何、ごめんなさい。私、何か聞き逃してしまいましたか？」

「いえ、手を振っても気づかなかったものですから、もしやと思ってこちらも少し大きな声で呼んでしまいました。申し訳ない。もしかして、何か悩んでのお考え事ですか？」

「あ、その、ジルヴェスト様が先日、一日謁見をお休みされたのはご存じですよね？」

「はい、聞いていますよ」

「新婚旅行のためにジルヴェスト様も予定を詰めてがんばってくださったようなのです。それで、やはりご褒美は必要かなぁ、ということを考えておりました」

苦し紛れの言い訳で口からいろいろと出たが、それは本心でもあった。

彼がああやって離れずかまってくるのも、先日の一件があったせいだろう。

愛ゆえだとしたら付き合ってあげたい気持ちもあるのだが、できれば出立前には解消してあげられないかと考えていた。

新婚旅行に旅立つ日は、それぞれの心獣に乗って空を飛ぶ。新婚旅行という楽しみに胸を弾ませ、飛行さえも彼と素敵な思い出にしたいとエレスティアは考えていた。

「なるほど」

相談を引き受けると誠実な態度で考え込んだエルヴィオが、間もなく「ああ、そういえば」と名案を思いついたとうように声を上げた。

「兄上のうち結婚している者がいるのですが、一発で疲れも吹き飛ぶ方法を教えてもらい、知っています。そして、何より簡単です」

「本当ですか⁉」

「夫婦ならではの癒やしだとしたら、よい案かと」

「ぜひ聞かせてください」

エレスティアは前のめりになる。


（あの時、やめておけばよかったかしら……）

時間が経つにつれ後悔が深まったが、エレスティアがそう思っている間にも飛ぶように時間は過ぎ、とうとう実行する夜がきてしまった。

エルヴィオとの歓談後、扉の外でピィちゃんと共に待っていたアイリーシャと合流した。

彼女の行動力のおかげで直後に侍女たちへ話を取りつけられてしまい、夕食後、侍女たちに支度はばっちりだと耳打ちされたら、もう『嫌』とはエレスティアの性格からして言えず――。

「大変お似合いですよ」

「皇妃様は、こちらのようなデザインもよくお似合いになられるかと」

侍女たちが髪を世話しながら盛り上がっているが、支度部屋の鏡の前に座ったエレスティアは微妙な心境でいた。

湯浴みのあと、レースとフリルたっぷりのナイトドレスを着せられた。

ドレスの生地は柔らかく頼りない。胸元も袖も大きく開き、腰の部分をピンクのリボン一つで締めるばかりのデザインなので、さらに心許なく感じる。

しかも、スカート丈は膝を隠すほどしかない。

そこにも入っているふりふりのフリルは、十七歳の自分には少々子供っぽさがすぎないかもエレスティアは気になった。

(屋敷でもこんなにかわいさをアピールするものは、着たことがないわ……)

侍女たちの世話が終わり、手を借りて立ち上がるが、やはり気になって全身を鏡で見てしまう。

「あの……変ではないでしょうか？　ジルヴェスト様がお気に召さなかったらどうしましょう……」

勇気を振り絞った意見は、侍女たちの笑顔と即答で打ち返される。

「ご安心くださいませ！　皇帝陛下もきっと気に入ってくださいますわ」

「こ、こんなナイトドレスがあったのですね……」

「元はといえば皇帝陛下が、結婚の祝いがまだだったとおっしゃって、初夜のあとにじきじきに仕立て屋を呼んで注文されたものなのです」

「えっ、そうなのですか？」

「さすが皇帝陛下の見立てです。大変お美しいですわ」

ジルヴェストがエレスティアのために買ったもの、と聞かされたらもう何も言えなくなる。

支度部屋を出ると、扉の前にはアインスが待っていた。

「なら……大丈夫かしら？」

室内の会話は聞き取れていただろう。それでも心配なのだと上目遣いに見つめ、ジルヴェストとは一番付き合いの長い幼なじみの彼にも確認してみた。

アインスがわずかに目頭へきゅっと力を入れる。

「何も心配なさる必要はないかと」

「その表情がどういう意味なのか気になってきました」

「いえ、用意されていたことに疑問さえ抱かないところはあなた様らしいというか、そこが心配になるというか――」

と、アインスがエレスティアの向こうを見て口を閉じる。

振り返ると、何やら侍女たちが一瞬にして待機の姿勢に戻った。

「ぴ！」

声がしてアインスの方へ視線を戻すと、ピィちゃんがエレスティアの胸元にきゅっと抱きついた。

「ふふ、ジルヴェスト様の心獣と一緒にいたのではないの？」

「ぴっ、ぴぴっ」

何を言っているのかはわからないが、豊かな反応からは『ベッドまで自分も案内するー！』と伝わってくる。

「ありがとう、ピィちゃん」

(私の、愛おしくて大切な心獣)

死が分かつ時まで共にいる魔法師としての人生の相棒を、愛おしく抱きしめ返す。

「あら？　ところでアイリーシャ様は？」

「護衛騎士ではありませんので、夜も遅いからと告げ、帰しました」

気のせいでなければ、アインスのこめかみに小さく青筋が見えて、エレスティアは思わず苦笑する。

毎日夕暮れ時、彼はアイリーシャと言い合っていた。

彼女は戦闘魔法師である以前に、一人の伯爵令嬢だ。ロックハルツ伯爵も毎日登城しているわけではない。

娘と帰りが別々なのも気をもむところだろう。

彼を心配させてもいけないと考え、エレスティアも、暗くなる前に帰った方がいいとアイリーシャには助言していた。

「皇妃、失礼いたします」

アインスが言い、正面からエレスティアに腕を回してガウンをかける。

自分の側仕《そばづか》えのような感覚で、彼に対してつい衣装を気にしないでいたことに気づかされ、エレスティアは小さく恥じらって感謝を伝えた。

（いけないわ、前世の記憶をよく思い出しているせいかも）

アインスをとても信頼している。それもあって前世で『姫』と騎士に呼ばれていた時のような感覚があり、アインスが男性だと意識していなかった。

皇妃、と呼んだのは立場上必要に駆られてのことだろう。

アインスはよき友人でもあるからこそ、異性であるという感覚は忘れないようにしようとエレスティアは思う。

エルヴィオから提案されたのは、『かわいいナイトドレスでの膝枕』だ。

そんなものでジルヴェストがくっついて離れない状況を改善できるほどの癒やしになるのか、エレステイアは疑問だ。

だがエルヴィオは、男は嬉しいものだと笑顔で言いきった。

彼もまた、エレスティアと夫との間には、当然のように夫婦の営みがあると思っている人間だ。簡単ですと推されると、エレスティアとしても『せっかくよかれと思ってしてくれたアドバイスだもの』とお人よしを発揮して受けることにしたのだ。

アインスにはかなりあきれられた。

あとになって、後悔していると緊張を打ち明けたら『でしょうね』と返された。

「それでは、私はこれで」

「はい。おやすみなさい」

寝室へと送り届けたアインスが、一礼して出ていく。

エレスティアは侍女に導かれてソファに腰かけた。ピィちゃんが飛ぶ中、別の侍女たちが紅茶や水のセットが乗ったワゴンを押してくる。

その支度の音を聞きながら、エレスティアは自分を見下ろした。

（うぅ、やっぱり慣れないわ……）

真新しいナイトドレスのスカートを握ったり、触ったりする。

かわいさたっぷりのナイトドレスが気恥ずかしい。

ジルヴェストのために着た、という自覚はあるが、実際に着てみると思っていた以上に恥ずかしさがあった。

アインスと違い、このことについてアイリーシャは即行動に出たくらい強い賛成の意志を示していた。

先日までのジルヴェストの不機嫌さを思えば、大歓迎だ、と。

それを思い出したエレスティアは、いったん侍女たちがそばを離れていったのをいいことに、ついため息を口からこぼした。

（やはり古代王ゾルジアがいるのは……、ジルヴェスト様にとって好ましくない状況なのかしら）

エレスティアの魔法の解除で消えたのだとすると、呼び出すことは可能なのだろう。

けれどそうする時はそれなりの覚悟が必要なのだと、エレスティアはこの数日で自身の考えに整理がついたのだった。

エレスティア自らが理解することを期待して、古代王ゾルジアも、答えを急かさなかったのだろう。

力を持った王が、この皇国に二人存在している。

エレスティアは、それが何かしら不穏を招く状況なのだと理解している。

（そのことについて彼は懸念を抱いた？）

助言者、つまるところ相談相手に、という古代王ゾルジアの申し出はありがたいことだった。

まさか自分の魔力が他の魔法師たちとはやや違うなんて、思ってもいなかった。

彼と同じように魔法を使ってみせたわけではないから、まだ誰も勘づいてはいないだろう。魔力量が皇帝よりあるから、鳥型の心獣を含めて少々変わっている、という認識でせいぜいとどまってくれている。

今は、伏せておくべきだとエレスティアは思っていた。

魔力量が皇帝であるジルヴェストを超えている可能性を聞かされた時、彼の周りと、彼自身を脅かしてしまうかもしれない懸念材料は隠すべきだと思った。

（私は……ジルヴェスト様の負担になりたくない……）

エレスティアは自分が父たちと同じ、心獣持ちの魔法師であったことが誇らしかった。

けれどその可能性は、震えながら『解除』を行った時、目の前で古代王ゾルジアが消えていったのを見て漠然とした不安に変わった。

魔法師であって、魔法師ではない。

そもそも詠唱をまったく必要としない魔法使いの国も知らない。

（私だけが――）

怖くて、試してはいない自分の手のひらを見つめる。

「ぴぃ、ぴっぴ」

励ますようにピィちゃんが顔の周りを飛んだ。心獣は主人の考えていることや感情も受け取るものだとハタと思い出し、エレスティアは微笑む。

「ありがとう」

「ぴー！」

手を頬へ添えると、ピィちゃんが嬉しそうに身を寄せてきた。

その時、一度離れていた侍女たちが戻ってきた。

「皇妃、皇帝陛下がいらっしゃいます」

悩み事も、よみがえった緊張で頭から吹き飛んだ。

「それでは、ガウンはお預かりいたしますね」

「は、はいっ」

脱がされていると、ピィちゃんが『わかってる、がんばって！』という表情をしてうなずき、高い位置にある窓から外へとすべり出ていった。

恐らくは、その下にジルヴェストの心獣がいるのだろう。

（わかってないわ、すごく緊張するのよっ）

そばにいて欲しいが、ジルヴェストの心獣を押さえていて欲しいのも本心。結局はそちらをお願いと心の中で念じて、自分を納得させる。

忘れていたが、このナイトドレスはとにかくかわいくてふわふわなのだ。

見ていて『かわいい』とエレスティアも心をくすぐられるくらいだったが、自分が着るとなると状況は変わる。

（やっぱり少し子供っぽいかも？　胸の形だって出すぎではないかしら、ジルヴェスト様に『意外と似合わない』なんて思われない？）

気になったら、どんどん不安が頭に浮かんでくる。

と、不意に室内にないはずの声が聞こえた。

「すまない遅れた。せっかく君が何か用意してくれると言っていたのに――」

「きゃあぁっ」

心臓がばっくんとはね、勢いよく扉の方を見る。

「え」

ナイトガウンを着けたジルヴェストが、不自然に動きを止めた。

（ま、瞬きもしていない）

エレスティアはかぁっと頬を熱くした。

彼が用意してくれていたナイトドレスの一つだから大丈夫と自分に言い聞かせていたが、やっぱり変なのかもしれない。

膝枕は実行するが、ひとまず着替えるのが先決だ。

「や、やっぱり似合いませんよねっ？　き、着替えてきまーすっ」

決めるなり彼女は立ち上がり、逃げようとする。

だが、後ろから腕を掴まれて驚いた。

「待ったっ、そうじゃないから」

いつの間に来たのだろう。肩越しに目を向けると、空いている方の手で口元を覆っているジルヴェストが立っている。

（あら？　どうして口元に手を）

顔をまじまじと見たエレスティアは、そこで初めてその表情に嫌悪の色がないと気づく。

美しい彼の顔が赤くなっている。

好感触だとわかったのは嬉しい。けれど同時に鼓動が早鐘を打って、エレスティアの方もますます顔が熱くなるのを感じた。

「……あの、この格好、大丈夫でしょうか？」

「よく、似合ってる」

ぐ、とジルヴェストが口に手をあてたまま呻《うめ》きみたいな声を漏らす。

（本当に大丈夫？　もしかして私の勘違い？）

今、彼の心の声は聞こえないから、エレスティアは不安になってきた。

「すまない、心配させてしまったか。でも、ほんと、とてもよく似合っているから」

珍しく彼が歯切れ悪く言葉を紡ぐ。

「ジルヴェスト様？」

「だから……ぜひ、その格好のままでいてくれ」

「は、はい」

告げたと同時に、彼の顔がぼぼっと耳の先まで真っ赤になる。

なぜそうなっているのか、鈍いエレスティアでもこれまでの経験から察することができた。きっと彼の心の中では『かわいい』という感想が飛び交っているのだろう。

似合っていると褒められ、喜んでもらえたことも、嬉しい。

「そ、それで、何をしてくれるつもりだったんだ？」

はにかみつつ向き合ったエレスティアを見て逃げないとわかったのか、彼がほっとして手を離し、そう言った。

「ジルヴェスト様が癒やされてくださるといいな、と思って。先日のご不安を引きずられているようですので」

ちらりと上目遣いに見ると、彼がとうとう両手で顔を覆って、視線を上に逃がした。

「……情けない夫ですまない。こう、いなくなっていた間の君を補充するように体が勝手に、だな」

「補充？」

「そしてかわいい……だが我慢するんだ、俺……」

彼が珍しく今度は口ごもり、何やらつぶやいている。

彼の視線が逃がされているのが、少し寂しくなる。エレスティアはスカートを指先でいじりつつ考える。

「あの……私のこと、見ないんですか？」

「見る」

ぎゅいんっと彼の目が戻ってきた。

その真剣さに、なんだかおかしくなって気がほぐれた。

「ジルヴェスト様が心地よく眠れるように、しばらく膝枕をしようかと」

「なんだって？」

「あ、もちろん頭も撫でます。膝枕は頭なでなでもセットですよね」

エレスティアは、幼い頃母の代わりに父がしてくれていたことを思い出して、自信たっぷりに『任せてください』とガッツポーズまでしてみせる。

ふーとジルヴェストが息を吐き、そして口元に手をあてて上を向いた。

「俺の妻がかわいすぎる……頭もなでなでするとか、最高じゃないか……」

今度は、エレスティアもその声は聞こえた。

(彼が心の声をそのまま出しているみたいな感じだわ)

心の声でいろいろと聞きまくっているせいで、大きな動揺はなかった。

つい口から呻き声がこぼれるくらい喜んでもらえたのだろう。

頭を撫でるのはどうなのだろうと少し悩んだのも事実だが、ジルヴェストにとっては嬉しいことだったようだ。

（よかった）

エレスティアは嬉しくなって、自分が調子に乗ってしまうのを感じた。大胆にも自分ら彼の手を引く。

「ソファにどうぞ」

「くっ、俺の手を引く天使がいる……」

相当疲れているのだろうか。

（きっと先日の傷が、まだ言えていないのね）

今日は、たっぷり癒やされてもらおう。

エレスティアはそう思い、彼をソファに座らせると、続いて自分も腰を下ろすなりジルヴェストを両手で引き寄せる。

「そっ、そこまでエレスティアがするのか？」

なぜか彼が目元を赤らめて慌てた。

「ジルヴェスト様は何も考えず私に任せてください。さあ、いらして」

「〜〜〜っ」

急に彼がおとなしくなって、エレスティアにされるがまま彼女の膝に頭をのせてくれた。

「ご気分はいかがですか？」

頭を優しく撫でながら尋ねた。彼の金髪は、湯浴みを済ませたあとだからいっそうさらさらとして柔らかい。

「……最高だ。そして同時に己への自制が必須だと実感した」

「はい？」

「俺は絶対に覚醒し続けているつもりだから、安心してくれ」

「ふふ、眠ってくださっても大丈夫ですよ。今夜はジルヴェスト様に身も心も休んで欲しいのですから」

ジルヴェストが、ぎゅっと眉を寄せる。

「どうされました？」

「君のそういうところも、かわいすぎてたまらない……」

普段なら恥ずかしくなっているところだが、エレスティアは彼の表情と言葉が合わないのが気になった。

「少しお苦しそうです。撫で方を変えましょうか？」

「頬を撫でるのは反則だろう」

「えっ、お嫌でした？　ジルヴェスト様もよくされるでしょう？」

「俺は、その……好きでやっているというか……」

口ごもった彼が「ん？」と声を上げる。

「君がそう口にしたということは……？」

ジルヴェストが、少し濡れた青の瞳にエレスティアの顔を映し出した。ほんのり頬が赤味を帯びていて普段より年齢が下に見える。

どこか、期待の眼差しにも感じた。

答えを望んでいるみたいなので、エレスティアは正直に答える。

「私は気持ちいいなと思っていたのです。もしかして、男性は少し違うのでしょうか？」

「そっ……れは同じだ。俺も気持ちがいい」

彼が赤面し、ふいと視線を逃がす。

そうすると彼の顔が横向きになって、もっと撫でやすくなった。

（ふふっ、かわいらしい人）

心の声が聞こえなくても、今は大丈夫だ。

喜んでくれているのはエレスティアもよくわかる。彼が日頃から、言葉でも伝える努力をしてくれているおかげもあった。

だが、このあとエレスティアは、『そのナイトドレスを着た君を俺も膝枕したい』なんて所望され、立場が逆転して恥ずかしい気持ちでいっぱいになる。

しばらくは軽率に膝枕なんて、言えなくなるのだった。

第六章　皇帝と皇妃の新婚旅行

新婚旅行への出発日となった。

宮殿から黄金色の大きな心獣と鳳凰が飛び立ち、そのあとに立派な白い毛並みを持った心獣たちが続々空へと飛んでいく。

皇国で唯一の黄金色を持った〝皇帝〟と〝皇妃〟の、狼と鳳凰の先頭飛行を、国中の者たちが『吉兆の印だ』とありがたがって拝むほど、その姿は見る者すべてを見とれさせた。

エレスティアは、珍しくその大勢の人々の歓声も視線も気にならなかった。

元に戻ってくれたジルヴェストと、笑い合いながら飛行できていることが嬉しかった。

（その代償は大きかったけれど……）

まさかジルヴェストに膝枕を返されるとは思っていなかった。

しかも、結構長かった気がする。

（女性からああいうことをするのは確かにあまりないことよね。気をつけましょ）

調子に乗ったことをその日の夜に反省した。

まずは国境まで、上空に設置されている転移魔法の装置をくぐっていく。

浮遊魔法の基礎は確かにためになったのか、国境までの長距離飛行もスムーズだった。

転移魔法の装置をくぐるたび、ピィちゃんが自然に加速する現象についても以前と違って負担をあまり感じない。

コツコツ努力したことは、確かに身になっているのだ。

そう、エレスティアの自信にもなった。

【主、自信はよいことです。魔力の安定につながります。自分がどんなふうに飛びたいのかを思い描けば、今よりも私を乗りこなせるでしょう】

（思い描く……）

魔法師にとって、イメージし、そうして魔法を使うために集中することは大切だ。

だが、古代王が言ったようにエレスティアの魔法も少し特殊――なのだろう。

たぶん、心獣に騎獣することの極意自体も魔法師と違っている気がする。

（もしかしてピィちゃんは、それを知ってる……？）

思い描くとは、古代王ゾルジアも言っていたことだった。

このエンブリアナ皇国の歴史が始まって、初めての鳥型の心獣。

（あなた何か知っているの？）

心で問いかける。

だが、心が読めるのにピィちゃんは何も答えてくれなかった。

国境へと続く最後の転移魔法の装置が見えた。そこを抜けた途端、大勢の軍人たちが地上から歓声を送ってきた。

「お気をつけていってらっしゃいませ！」

「帰られるまでしっかりここをお守りいたします！」

「新婚旅行、おめでとうございます！」

その声援が嬉しくて目が開いていく。

眼前に広がったのは、さらに緑を豊かにしたバレルドリッド国境だ。

この方角から、国際転移魔法装置をくぐっていった先にシェレスタ王国はある。

戦場だった頃と違い、瑞々《みずみず》しく茂った大自然の国境の緑。

軍人だけでなく、魔獣の調査に乗り出している大勢の非戦闘員たちを含む人々の笑顔――それが、とても美しいとエレスティアは思った。

（気になることはあるけれど、今は、新婚旅行を楽しみましょう）

それは古代王ゾルジアを見送った時に、決めていたことだった。

初めての外交公務も、無事にやりきらなければならない。

エレスティアは気持ちを切り替え、ジルヴェストと共に国民たちへ手を振って応えた。

「皇妃、国境を越えます」

そばで同行しているアインスが言った。

反対隣にはアイリーシャの姿もあった。彼女の後ろには、エレスティアの侍女としてつく女性班の戦闘魔法師たちが心獣に乗っている。

アイリーシャは今回、その筆頭の皇妃付きの侍女だ。

「〝空白の大地〟は魔獣の巣窟ですわ。何かあればわたくしたちが皇妃をお守りいたしますので、ご安心くだいませ」

国境を超えた時、アイリーシャがますます誇らしげな顔を上げて髪を手で払う。

そんな彼女に、アインスが何やら文句を言いたそうな顔をしていた。

空白の大地と呼ばれる、エンブリアナ皇国と隣国を隔てるように存在している植物がいっさいない土地。

前回はゆっくり見る暇はなかったが、エレスティアはそこに蠢《うごめ》く黒い影の集まりに息をのむ。

（なんて、数なの――）

大魔法による命令が効いているのか、魔獣たちは国境を超えてはいない。

だが、その国境線に群がって人が一人でも出てこようものなら、食べようと待ち構えているのが見て取れた。

日頃から、戦闘魔法師たちが心獣で乗り出しては討伐して数を減らし続けている。

その大切さが、改めて身にしみた気がした。

（こんなにも数が変わらないなんて）

一日でも数を減らさないでいると、これがどれだけ増えるのかといった想像に身震いする。

昔から人々の〝敵〟である、魔獣。

魔獣は、発生源といった生態さえよくわかっていない。放っておけば〝どんどん数を増やす〟厄介な相手であるとは、エレスティアも学んで知っていた。

今でも各国は、魔獣との戦いを続けている。

飛行してしばらくのち、国境沿いに押し寄せている魔獣の群れを越えた。

そうすると隣国の上空に設置された国際転移魔法の装置があった。そこは現在起動状態で、七色の光の渦がある。

すでにエレスティアの通行許可は取られていて、通る日は事前に各国に知らされている。

「皇帝陛下、近くに〝魔法使い〟の姿は見えません」

二つある護衛部隊のうち、一つを任されているリックスが魔法で進行先の状況を確認して報告する。

「それでは、このままゲートに向かう」

ジルヴェストの指示を受け、もう一つの護衛部隊の隊列の先頭にいたギルスタンが転移先に問題がないか確認するため動き出す。

「先に、行きます」

部隊の中に交じっている自分の少数の部下だけをまずは連れて、ギルスタンが国際転移魔法の装置のゲートを猛スピードでくぐり抜ける。

他の国では、起動状態の国際転移魔法の装置には警備がつく。

だが、エンブリアナ皇国では心獣の特殊性から、通過の際に〝主人以外の者を噛みちぎってしまう〟危険が考慮されて、護衛をつけず人を離すことがルールに盛り込まれているとか。

【主、通過します】

エレスティアは気を引き締める。これは自国の転移魔法の装置とは勝手が違っている。

ジルヴェストの心獣と同時に、ピィちゃんがそこに入る。

どこかへ飛ばされるような感覚。しかし魔力でつくられたゲートを抜けた時、減速するのを感じた。

（これが――みんなが言っていた手動加速が必要なこと、なのね）

エレスティアは、皇国の転移魔法の装置の方がパワーがあることを身をもって実感した。

それは、単純に圧倒的な魔力量の違いだ。

魔力において、エンブリアナ皇国は心獣持ちの魔法師の場合、他国の魔法使いの限界を超える魔力を持ち合わせていることでも有名だった。恐れられると同時に特別視されている。

（ピィちゃん、加速よ）

【御意。では通過ごとに、元のスピードへと戻すことにします】

心獣を自分で加速させる経験は初めてだった。

通常だと、浮遊魔法で指示を行い魔力の出力を上げるようだが——エレスティアは、教えられたことを実行することができなかった。

「きゃっ」

ピィちゃんはエレスティアが思い浮かべただけで、翼を駆使してその通りにした。

「だから、お前の心獣はどうなってんだよ！　魔法のサポートなしで俺より早いんだけど⁉」

前を飛行していたギルスタンが、こちらを振り返る。彼の部下たちが苦笑しているのが見えた。

「まるで心獣が魔法でも使っているみたいだな」

「ああ。それでいて皇妃様の心獣は、実に美しい。黄金色の粒子が、とても綺麗《きれい》だ」

「下の国々からもそれが見えていることだろう」

「皇妃様の外交デビューは、華やかなものになるな」

今のところ、エレスティアは下を見る余裕はなくなっていた。

（ピ、ピィちゃん、転移魔法の装置の補助なしでもすごく速くなるのだけれどっ）

今にもギルスタンに追いついてしまいそうだ。

「ははっ、エレスティアは相変わらず俺の予想外のことをしてくれる」

「ジルヴェスト様」

いとも簡単に隣に並んだのは、ジルヴェストの黄金色の心獣だ。

「それでは他国の上空を飛ぶ練習をしよう」

「……これを練習と考えてしまってもいいのですか？」

「もちろんだ。これから、君とは他の国も一緒に行くことになるだろう」

想像し、エレスティアは楽しみになる。

ジルヴェストが嬉しそうに笑みをこぼした。

「ようやく笑顔に戻ったな。それではまず、転移魔法をくぐっても、ギルスタン第五魔法師団の師団長を追い越さないよう俺とスピードを合わせよう。できるか？」

「はいっ、します！」

「俺のこと二人揃ってバカにしてます⁉」

ギルスタンの大きな声に、精鋭の護衛騎士たちも声を上げて笑った。

リックスが「愚弟め」と小言を漏らし、氷の矢をすれすれで放っていた。


——最速の移動力を持つエンブリアナ皇国。

それにふさわしく、外国へと渡る際には長距離移動にしか使えないさらなる速度で飛行する。

唯一の黄金色であると知られていた皇帝ジルヴェストの心獣と、きらきらと黄金色の魔力の粒子をまとって彼と共に光の螺旋を描きながら飛んでいく皇妃エレスティアに、上空の通過の知らせをもらっていた各国の誰もが見とれていた。

そうして数時間後、一同はシェレスタ王国の中心地へと到達した。

シェレスタ王国の上空に設置された国内の転移魔法の装置。それをいくつかくぐったところで、王都の上空へと出たエレスティアは、その瞬間に大勢の歓声に迎えられて驚いた。

「ここが……シェレスタ王国……」

魔法で浮かんだ巨大な風船たち、下から魔法で舞い上がる七色の花弁は国の景色をいっそう華やかにする。

シェレスタ王国は、国土とその資源も含め巨大国家だ。

このオージニアス大陸の中でも財を豊富に持ち、平坦な大地に広がる王都は巨大で、整備された美しい街並みが続く。

エレスティアは、その壮大さに度肝を抜かれた。

「まるで貴族の都みたいだわ」

「国民のほとんどが金を持っているからな。地方も観光地になるほど美しい街並みを持つ」

ジルヴェストがそっと教えてきて、なるほどとエレスティアも納得する。

事前に情報収集し、本も読み込んだが想像以上の荘厳さだ。

古い歴史を持った偉大な宮殿や、大聖堂もそのままに残されていて、長らく戦禍に巻き込まれていないこともよくわかる。

宮殿の前広場は【エンブリアナ皇国の皆様ようこそ！　大歓迎！】と書かれた大きな横断幕を貴族たちが掲げ、周りにいる者たちも大々的に歓迎してくれる。

「やぁ、よく来てくれたね」

心獣を降りると、護衛騎士を振りきってワンドルフ女大公がやって来た。

彼女は中性的な美貌の持ち主で、相変わらず男性の貴族衣装を身にまとっていた。

背丈も男性に近いくらいあり、長い髪を束ねてジャケットに入れているものだから、男性にしか見えない。

彼女の歩く姿に気づいた令嬢たちが、「きゃーっ」「ワンドルフ女大公様だわ！」と黄色い声を上げまくる。

心獣たちが宮殿の屋根へと行く中、ピィちゃんがびっくりしてエレスティアの両手の中に隠れた。

「相変わらずすさまじいですね……」

「自国でも女性をころっとさせているのかしら？　侮れないわ」

アインスとアイリーシャの見解が珍しく寄る。

「二人とも、一応ワンドルフ女大公様はご結婚されているから……」

「夫君がかわいそうですわね」

「コレを許している夫君の存在が、かえって気になりますけどね」

「止められないだけじゃないか？」

宮殿前へと護衛部隊を連れて移動しながら、ジルヴェストまでそんなことを言う。

彼は、ワンドルフ女大公に対してはややそっけない。

嫉妬してのことだとはわかっていたが、以前にほとんどが解消されたことだと思っていたので、この先大丈夫なのかエレスティアを少し不安にさせる。

「今日も美しく愛らしいね、皇妃エレスティア。私の国に来てくれて嬉しいよ」

合流した途端、ワンドルフ女大公がエレスティアの手を取って持ち上げた。

流れるような手の甲への口づけに、エレスティアは反応する暇がなかった。

周りの女性たちがうらやむ黄色い悲鳴が炸裂する。

横断幕の端を持っていた貴族の男性が、後ろに控えていた二人の若い高官らしき男たちと揃ってため息をついていた。

「これはワンドルフ女大公、俺もまたお会いできて光栄ですよ」

ジルヴェストが、エレスティアを後ろから支えてすばやく引き離す。

「このたびはご招待いただき感謝申し上げる」

「あははは、それは当然のことです。あなたはエレスティアの夫君なのですから」

笑顔で笑い声を返しているジルヴェストは、気のせいか目が笑っていない。

ついでに呼んだ、という感じに聞こえたが、きっとそれはエレスティアの気のせいだろう。

(新婚旅行先にとご提案してくださったのだもの)

ファウグスト国王のこともお礼を言いたかったが、それはあとになりそうだ。

「紹介しよう。横断幕の端を持っているのが、私の夫だ」

「え！」

目を見張って驚いたのはエレスティアだけでなく、皇帝と皇妃付き護衛としてそばに同行していたアインスとアイリーシャも同じだった。そして護衛として待機しているリックスも珍しくすばやく視線をそちらへ移していた。

そこにいた三十代半ばらしき男性が、困ったような顔でぎこちなく手を上げる。

「お、お初にお目にかかります。夫のジークバルドです……」

ワンドルフ女大公と違い、きらきら感がなくて意外だった。着ているものは上等だが、なんというか、髪型も顔もこれといって目を引くところがない。

（というかワンドルフ女大公様はおいくつなの……？）

ジークバルドの目尻の笑い皺《じわ》を見るに、あきらかに年齢が離れていると感じてしまう。

王命により得た夫だったりするのだろうか。

「さあさ、王もお待ちかねだ。私たちの仲なのだから堅苦しい挨拶は不用だろう？　早速どうぞ」

夫の紹介もさらっと終えてしまうと、ワンドルフ女大公が胸に手をあてて優雅にエレスティアへ笑いかける。

その途端、女性たちのうらやましがる悲鳴と視線がエレスティアに一気に突き刺さった。

思わず反応できないでいると、今度はジルヴェストが、あろうことか注目が集っている中でエレスティアを抱きしめてきた。

「妻の素晴らしさなら俺が一番知っている」

途端、女性たちが「あの皇帝陛下が微笑んだわ！」「美しいわ！」と大騒ぎした。

（うっうっ、来て早々に大注目されるのは困るわ）

エレスティアは、今すぐどこかに引きこもりたい気持ちに駆られた。

ワンドルフ女大公からじきじきに出迎えの歓迎を受け、王へ謁見すべく宮殿内を進んだ。

そこには大勢の臣下たちと共に、玉座に腰を下ろしたシェレスタ王国国王が待っていた。師団長クラスとの顔合わせも光栄であると言われ、護衛部隊も歓迎を受けて共に前まで進む。

「陛下、彼らは私のよき友人です」

そうワンドルフ女大公が言い、二人を紹介したのちに国王も紹介する。

彼女がこの国でそれほど権力を持ち、なおかつ王自身からも絶大に頼りにされているのが伝わってきた。

「十代で即位したかの有名なエンブリアナ皇国の皇帝ジルヴェスト・ガイザーと、迎えられた正妻の皇妃エレスティア・ガイザーが、新婚旅行に我が国を選んでくれたことを光栄に思う。滞在の間、ゆるりとくつろがれるとよい」

ジルヴェストと共に、エレスティアは感謝の意を示した。

「さっ、もう挨拶も済んだ。堅苦しいことはなしにしよう。華がないのはつまらない」

「ワンドルフ女大公様のおっしゃる通りですな」

「うむ、よかろう」

側近らしき男たちだけでなく、国王まで同意する。

戸惑っていると、ワンドルフ女大公の顔がくるりとエレスティアに向いた。

「長旅で疲れたことだろう。数時間とはいえ超高速飛行だ」

「まぁ、そうですね」

ジルヴェストではなく、問いかける先は自分でよかったのかエレスティアは気になった。

ふと、重々しい沈黙を感じてちらりと後ろを見る。

リックスも揃って悩ましいような表情で口をつぐんでいた。予感はしていたが、とアインスたちの顔に見えるのは気のせいだろう。

「だから、豪華なパーティーをすることにしたよ！」

「は」

両手を掲げたワンドルフ女大公に、ジルヴェストが思わず言った。

「新婚旅行なのだから楽しくいこうじゃないか！　これから、君たちの歓迎会だ！」

周りがドッと盛り上がる。

エレスティアも頭にいっぱい疑問符が浮かんだ。

（普通、休ませるのでは……）

ワンドルフ女大公と国王一家の話によると、すでに歓迎パーティーの用意をしてみんなが待っているという。

「断れない状況をつくられていますね」

「さすがの行動力、これってお国柄なのかしら？」

アインスへ相槌を打ったアイリーシャの言葉に、エレスティアも『そうなのかもしれない』と密かに思ったのだった。

支度部屋を借り、アイリーシャと彼女の部下であり取り巻きでもある令嬢たちにドレスを着せてもらった。

ピィちゃんをアイリーシャに預かってもらい、ジルヴェストと合流してパーティー会場へと入る。

その瞬間、目の前が黄金のシャンデリアや装飾の眩さで溢れた。

「エンブリアナ皇国の皇帝と皇妃のご入場です！」

「おめでとうございます！」

「楽しい新婚旅行になりますように！」

そこで目にした光景は豪華絢爛《けんらん》だった。誰もが宝石までたっぷりまとった豪華な衣装を着、たくさんの食べ物、金があしらわれた装飾は結婚祝いかと思うほどに盛大だ。

豪華すぎておののくレベルで、エレスティアは固まってしまう。

到着しただけでこんなパーティーを開くとは、まさに貴族の栄華、といった光景だ。

外交なのは確かなので、お国柄の違いを戸惑いつつも受け入れてエレスティアは気を引き締める。

(ジルヴェスト様の妻としての初外交だもの、しっかりこなさなければ)

ひとまずジルヴェストと共に挨拶へと回る。

すでに顔を知られている彼に紹介してもらう形で、エレスティアも交流を楽しんだ。

彼と違い、自分が認められていない様子には薄々気づいた。

皆、エレスティアに挨拶して二言三言交わしたあとは、ジルヴェストにこれでもかというくらい祝いの言葉を贈り、話を弾ませ、楽しそうにしている。エレスティアのことはあくまでおまけとして扱っているのだろう。

「引きこもり公爵令嬢が皇妃になったとか――」

「めきめきと力をつけ、実力を発揮して国民からの支持も右肩上がりだそうだが、実際はどうなのだろうな？」

「さあな、シェレスタ王国もそう表明したようだが、いったいなんの得があったのだろうな」

嘲る声が、人々の歓談の向こうからエレスティアの耳に入った。

耳を澄ますと、あちらこちらでひそひそとエレスティアのことを批判するような声も聞こえる。

エレスティアは、この場で値踏みされているのをひしひしと感じた。

それはそうだ。ここは、実力主義の世界。

（大魔法のことは知られていないので当然の反応よね）

それに頼ってはいけない。エレスティアは皇妃になって初外交、評価ゼロからスタートはあたり前なのだ。

それをつくっていくのが、外交だ。

顔を上げてにっこりと笑顔を作ると、オヴェール公爵家令息として参加していたリックスとギルスタンが、向こうでほっとする顔が見えた。

「わたくしもそのお話、興味がございますわ」

貴族から儀礼的に特産品の話題を振られたエレスティアは、積極的な言葉を返した。

「皇妃様が、ですか……？」

「何しろシェレスタ王国の鉱石インブラッドは、第四ブラック鉱石に分類されるサージとセフォイと合わさると面白い反応を起こして、生活魔法の道具になりますでしょう？　その歴史について知っているのなら、ぜひお聞きしたいですわ。発明者はこの国出身の、あの発行部数第三位の『ヴァチェリオフ発明手記』の作者なのでしょう？」

「ほぉ、皇妃様もご存じでしたか！」

「実は私の一族の者なのです」

難しいことを考えてはだめだ。まずは、顔を覚えてもらう。

エレスティアは焦らず自分を知ってもらって、仲よくしてもらえるようにとジルヴェストの隣でいつものように社交に励んだ。

すると、次第に「おや」と貴族たちの視線が変わってきた。

居心地の悪い空気は薄らいでいく。

ワンドルフ女大公や王族たちとも楽しい時間を過ごしたのち、一度ジルヴェストがエレスティアを休憩させてくれた。

「――よくやった」

護衛騎士のアインスに預けられる前、耳打ちされて頬が熱くなる。

引きこもりなりに、よくがんばったと褒めてくれたのだ。

（嬉しいわ）

それはアインスも感じていたようだった。

「ご成長されましたね」

アルコールの入っていない果実ジュースを手渡した彼に、エレスティアは確かにと実感してはにかむ。

「ありがとうございます、アインス様。ご指導のおかげですわ」

成長はしているのだ。

愛する人のために変わりたいと努力したことは、自分なりにゆっくりとしたペースで着実に身についているのだろう。

以前のように、怖がりだっただけの自分とは違っている。

その変化を自覚したことがさらに自信になり、エレスティアはパーティーの後半戦をがんばることにした。

「皇妃、ジムパング魔法法則についてはご存じで？」

順調だと思っていたのも束《つか》の間《ま》、少し酔ったふうの男が嫌みったらしい声でそう聞いてきた。

「まぁ女性は耳にしない話題でしょうが」

エレスティアは彼をじっと観察し、彼女を認めだしている貴族がいるのが気に食わないのだろうと察した。

周りの貴族たちは『若い娘相手に情けない』と言わんばかりの眼差しで彼を軽く睨んでいる。

政治の他にも、そういった専門的な話題は男性たちのサロンで出される話だった。

（でも——ごめんなさいね）

エレスティアがにっこりと笑い返すと、質問を振った男がシャンパングラスをビクッと揺らした。

前世で、この手の相手は飽きるほどいた。

それに今のエレスティアは、当時にはない膨大な読書量もある。ジルヴェストが隣にいるのに、彼に恥をかかせるはずがない。

「サイリス公国で発見された新しい魔法手段ですね。原文で本を拝読いたしましたわ」

「げ、原文で？」

「魔法発明についての数式を拝見した際、興味深いと思って、誰かと語り合ってみたいと思っていたのです。お相手になってくださいますか？」

にこっと無害に笑ってみせると、その場にいた男たちが度肝を抜かれた顔をした。

「す、数式……いえ、それは……その……」

男の顔色が急に悪くなる。

前世では姫だった。小国だからと相手にされないことも多かったが、それを彼女は社交デビューした時には解消していた。

この手の社交術であればお手のものだ。

「なんと博識だろう。皇妃の見解があるのなら、ぜひ聞きたいな」

「こちらボルドーウ伯爵ですわ、博士号を持っておりますの」

話していた貴婦人がエレスティアに紹介する。

「わたくしも興味がありますわ」

興味を引かれた者たちが押し寄せ、最初に話を振ってきた男の顔から、ますます血の気が引いていく。

ジルヴェストが、こらえきれなくなったように「くくく」と笑いを漏らした。

「我が妻はあなたと一番目に論じたいようだが――いかがかな?」

「わ、わたくし、少々酔いが回りましたのでこれにて失礼いたしますっ」

噛みまくったあげく、男がよろけながら大急ぎで逃げていった。

「エンブリアナ皇国の皇帝陛下のお言葉のタイミング、さすがでございますな」

「いい気味だ。少しは頭も冷えたことだろうよ」

「陛下もあのような小物は呼びたくなかったでしょうな」

「イーディス閣下のおこぼれで飲みに来たのでは？　事業を任せられないとまた叱責を受けたとお噂が——」

貴族たちは愉快そうに盛り上がった。

ジルヴェストがエレスティアの方を向く。そっと彼が腰を屈め、口元に手を添えたので、察してエレスティアは身を寄せる。

「なんです？」

「驚いたな。君は外交の心得もすでにあるのか」

「そ、そのような本もたくさん読んでおりましたから、おほほほほ……」

笑ってはぐらかした。

派手にやってしまったかもしれない。

エレスティアは他国でのパーティーでしでかした可能性に、ひやりと体温が下がっていくのを感じた。


たくさん飲み食いもし、気づけば空は西日に染まっていた。

ワンドルフ女大公はそろそろ屋敷に帰るそうで、呼び出されたエレスティアは『助かった』と思いジルヴェストと共に会場をあとにした。

「このたびは、本当に申し訳ございませんでした」

宮殿にもあるという彼女の執務室に入ったエレスティアは、まずワンドルフ女大公に謝った。

ジルヴェストが驚いた顔をして見る。

「どうした？」

「いえ、私が悪いので……」

「私、エレスティアに謝られるようなことをされた覚えがないけれど」

ワンドルフ女大公が不思議そうに言って執務椅子から立ち上がる。

エレスティアは部屋の中央で合流する間にも、とある紳士に恥をかかせてしまった一件を話した。

悪目立ちして空気を一部乱してしまっていたので、王族の耳に入っているのなら、もちろんワンドルフ女大公もすでに知っているはずだ。

だから、この呼び出しを受けた時にまずは謝ることを考えていた。

「ああ、あれ？　確かに痛快だったね！」

あっはははと笑い声が室内に響き、エレスティアはぽかんとする。

「で、ですが、陛下たちも困られたのでは」

「気にしすぎだよ。国王も大絶賛されていた。私は君の意外性にまた惚れるのを感じたな」

途端、ジルヴェストがエレスティアを後ろから抱きしめてきた。

「ちょっ、ジルヴェスト様っ？」

「君は危険だ」

「私？　夫がいるよ？」

きょとんとしたワンドルフ女大公が、また面白がってくすくすと優美に笑っていた。片手を腰にあてると、どれほど素晴らしかったのか実感させようと言わんばかりに語りだす。

その止まらない賛辞の嵐に、エレスティアは恥じらいを通り越して呆気にとられた。

(女性なら誰でも口説《くど》いている自覚はないのかしら……)

エレスティアは疑問に思った。

『女性は褒めるべき』というワンドルフ女大公の美学があるかもしれないので悪くは思わないが、ジルヴェストの警戒心が全然やまないので少しだけ抑えて欲しいと思う。

「君は素敵な皇妃だ。気品と同時に愛らしさが共存してもいるなんて、本当に素晴らしい」

と、ワンドルフ女大公が手を合わせると共にようやく話を締める。

エレスティアは、ジルヴェストがどんどん睨むような顔になっている気配を感じていたので、ほっとした。

「というわけでっ。今度は私のハーレムに招待するよ!」

安心した直後、エレスティアは疑問で思考が止まった。

「あ? ハーレム……?」

真後ろからひっそりとつぶやかれた低い声に、エレスティアは怖くてジルヴェストの表情を確認できなかった。


ワンドルフ女大公と別れたのち、宿泊用にと国王から提供されていた第二離宮へと移動した。

この規模の宿泊は、恐らく心獣たちのことも考えられてのことだろう。使用人が与えられ、護衛部隊もそれぞれいい部屋に泊まることができる。

日も暮れた庭園で心獣たちがのんびりと座り、飛んでいるピィちゃんを不思議そうに目で追いかける。そんな光景を寝室から眺めていたエレスティアは微笑む。

（それにしても……本物のハーレムのことでなくてよかったわ……）

アイリーシャたちと寝支度を進めながら思う。

あの女大公の言う『ハーレム』とは、彼女が最も推しているこの国伝統の女性のみで構成された劇のグループの一つようだ。

パーティーを開き、集まった者たちにだけその場で舞台も披露されるとか。

（この国ではパーティーばかりみたいね）

なんて華麗な国なのだろう。

エレスティアは、あのパーティーだけでもうくたくたになってしまった。こちらへ移動して少し休んだのち、女性専用だという豪華すぎる大浴場にてしばし疲れを癒やした。

「いい香りのするお湯でしたわね」

「確かに。殿方のお湯も同じみたいですわよ」

「どこもかしこも華がありますわよねぇ」

皇妃つき侍女という名目でここにいる女性たちは、護衛戦力も兼ねたアイリーシャとその部隊の女性班だ。会話は弾む。

後宮の侍女と違い、あくまで令嬢として同じくナイトドレス姿同士なのも、女の子同士のお泊りの雰囲気を味わえてエレスティアは少し楽しい気持ちになっている。

「皆様、ありがとうございます」

「お礼なんていいのですわ。当然のことをしているまでです」

申し訳なさそうに令嬢たちが声を揃えた。

「それに、ふふっ、皇帝陛下との新婚旅行一夜目ですもの！　しっかり手入れしないと」

「え？」

「そんなことを言ってエレスティア様を困らせてはだめよ」

「あら、アイリーシャ様ったらそんなこと言えますの？　アインス様にマウントを取ってらして。またロックハルツ伯爵様が泣きますわよ」

「誰かが父の耳に入れなければ問題ないわよ」

内容はいまいちわからなかったが、アイリーシャがまたアインスにドヤ顔をしている光景なら容易に浮かんだ。

（ふふ、楽しいわ）

彼女たちはエレスティアが皇妃になったばかりの頃は、よくアイリーシャと共に後宮に来てお茶の相手をしてくれていた。

それはエレスティアに茶会のやり方を教え、緊張をほぐしていくことへの協力だった。

とはいえ日も暮れたあと、ナイトドレス姿同士で時間にも追われず一緒にいることは初めてで、楽しい。

「少しお茶でも飲んでいかれませんか？」

「いいのですかっ？」

「ほら、わたくしのエレスティア様は優しいでしょう？」

「アイリーシャ様ずるいっ」

「まだ時間もありますし、それならぜひ！」

「どうせ殿方は、しばらく男同士小難しい話し合いやらで遅くなるでしょうし」

といわけで、時間まででしばしみんなでお茶を囲んだ。

ピィちゃんが窓から入ってきて、多めにクッキーを出そうということになり菓子パーティーのようにもなった。

肌の手入れの方法だったり、気に入っている髪飾りの話など華やかだ。

それを見てきてあきれたのはアインスだった。

「いったい何をしているのですか……」

「何って、女子会ですわ」

「そろそろ皇帝陛下が来ますよ」

「あら、それは大変ですわね。アインス様も手伝ってくださいな」

アイリーシャだけでなく、班の令嬢たちも当然のように片づけを手伝うよう言った。

アインスは文句を言いたげな顔をしたが、数に言い負けた。

「女性にそんな表情を向けるなんて最低ですわ」

「だからモテないのです。顔だけの男なんて、嫌ですわよね」

「か弱きわたくしたちを手伝おうという気になりませんの？」

「あなた方はか弱くありませんし、使用人を呼ばず私に労働を振りたいだけの性悪――」

「なんですって⁉」

「ひどいっ、あんまりだわ！」

アインスが耳を押さえ、しまいには「わかりましたよ」と投げやりに答えて従っていた。

（みんな、強いのね……）

エレスティアは、彼女たちもまたジルヴェストの苦手なタイプの女性なのか考えてしまう。

みんなで片づけると手早く済んだ。

「それでは皇妃、お休みなさいませ」

アイリーシャたちが出ていく。

「まったく、騒がしい令嬢たちですね」

「とてもよくしてくださいましたよ。楽しい夜でした」

「そうですか」

アインスは口元に小さな笑みを浮かべてこちらを見てきたが、ほんの少し考えるような顔になった。

「アインス様？」

「――いえ、なんでも」

気になったその時、ノック音がした。

ジルヴェストの声掛けがあり、エレスティアは入室しても問題ないと答える。すると騎士に送り届けられてジルヴェストが入室してきた。

「アインス、ご苦労」

「いえ。これにて私も失礼いたします」

小さな明かりを残して他は消灯し、アインスが騎士と共に退出する。

エレスティアは、なんだか急に落ち着かなくなってきた。

いつもと場が違うせいか、大きなベッドがある部屋にジルヴェストと二人きり、ということを意識してしまってなんだか緊張する。

「エレスティア、こちらにおいで」

聞こえた柔らかな声に、どきっとする。

ぱっと視線を合わせたら、ベッドをならしていたジルヴェストが軽く苦笑した。

「そう警戒しないでも心配ないよ」

「け、警戒だなんて」

「そう意識されると、かえって俺もやりづらいんだが」

それはいけない。優しい彼に余計な気遣いは、して欲しくないとエレスティアは思った。

「だからいつものように、こちらに来てくれるか？」

「はい、もちろんです」

エレスティアは、ナイトドレスの裾をひらひらと揺らして向かう。

彼が夜伽をしないことはわかっているのに、一瞬でもその展開を思い浮かべた自分にエレスティアは恥ずかしくなる。

すると、ベッド前で合流したジルヴェストが、こちらに手を差し出した姿勢のまま、なぜか顔を背けた。

「ジルヴェスト様？」

「んぐっ、なんでも、ない……っ」

なんでもないようには見えないのだが、ひとまず彼の手を取る。

いつものようにジルヴェストがベッドへと先に導いてくれた。

場所が違うせいで緊張はするが、いまさら、清い身なのでベッドを二つ用意してくださいとは言えない。

そもそもレスティアも、もう一人でなんて眠れないのだ。

(彼が、私がいないと『だめなんだ』とおっしゃってくださったように——私も、同じ気持ちなの)

もし魔法でジルヴェストが消えてしまったら、エレスティアも同じようになっていた気がする。

ジルヴェストもベッドに上がった。

「……それでは、腕枕させてくれるか？」

「はい」

エレスティアは、横になった彼の腕の中にぽすんっと飛び込む。

彼に心配をかけないようにと意気込んだせいで、少し力が入ってしまっていたみたいだ。

「ごめんなさいジルヴェスト様、痛くなかった、ですか……？」

恥ずかしくなって慌てて視線を上げたエレスティアは「ん？」と首をかしげる。

ジルヴェストが、顔を押さえて上に上げている。

(どうされたのかしら？　それほど痛かった？)

気になったエレスティアは、直後、背後から彼の声が聞こえてビクッと身を固めた。

『素直に飛び込んできてくれるとか感動しかない。というかかわいい、俺の妻が世界で一番かわいくてつらい……しかも呼んだらくるとか、愛らしすぎる！』

(……な、なるほど、嫌ではなかったみたい)

エレスティアは、しゅるしゅると視線を下げていく。

どうやらジルヴェストはもだえていただけのようだ。

ちらりと後ろを見てみると、そこには彼の心獣がいた。ピィちゃんが、座った彼の頭の上で楽しそうに座り込んでいる。

（また、いつの間に来たのかしら）

『あーっ、たまらん』

その、きりりとこちらを見下ろしている心獣から、エレスティアが抱きつく形になっている人の声かダダ洩れる。

『先日の膝枕といい、俺の妻がどんどんかわいさを増していく……っ！』

彼女は、愛と恋を日々重ねているジルヴェストに胸がきゅうんっと甘く高鳴った。

「ふぅ……」

するとジルヴェストが息をついて、慎重に抱きしめてきた。

『これも……拒絶がないみたいだ』

彼は反応を探るみたいに、徐々に腕へ力を入れていく。

（そっ、それはそうですよ。断る理由もないんですもの）

心の声が聞こえるせいで、エレスティアも心臓がばくばくした。彼の体温、触れる感触、吐息さえも意識してしまう。

『こんなふうにしつこく抱きしめていたら、嫌われてしまうかな。でも離しがたいんだ』

彼の手が体をすべり、深く抱き込んでくる。

肌にこすれていくそのナイトドレスの衣触りに、ぴくんっと体が反応しそうになった。

（慎重にされるとくすぐったいので、触るのなら普通に触ってくださいっ）

意識しすぎているせいだろう。自分ばかりが意識していて、エレスティアは恥ずかしくなる。

「エレスティア、苦しくはないか？」

「えっ？」

「できればしばらく、このままでいたいんだが」

本心を聞いたばかりなので、もちろんだと答えるようにエレスティアはこくこくとうなずく。

『耳の先までほんのり色づかせて……かわいいな。俺に好感を覚えてくれている彼女も、かわいすぎる。このまま耳を食べてしまってはいけないかな？』

「っ」

『かわいいと言って、ぞんぶんに抱きしめて愛でまくってしまいたい――が』

（が？）

エレスティアは、ふと後ろの心獣に耳を澄ます。

『だが俺は十一歳年上の皇帝だ。そんな姿を、エレスティアに見せるわけにはいかない』

どうやら、それを必死に隠すために普段から我慢するところがあるみたいだ。

（でもそれ、意味があるのかしら？）

今となっては、普段から妻を散々甘やかしておきながら、どうして褒めたり愛でたりすることが恥ずかしいのだろう。

皇帝とはいえ、二人きりの時には夫と妻だ。

（少しくらい表情や態度を崩されても、いいと思うのに）

そもそも日頃膝にのせたりすることと、なんの違いがあるのかエレスティアにはわからない。

エレスティアは、そろりと真上にある美しい顔を見た。彼は何かをこらえるみたいに、赤くなった顔でぎゅっと目を閉じてエレスティアを抱きしめている。

それともやはり、十代からずっと皇帝をしている彼には、すぐそうするのは難しいことなのだろうか。

思えば初夜の時にも、あの強面とは不一致な心の声を響かせていた。

とすれば、エレスティアの方から変わっていくのがいいのだろう。

（素直になるのも嬉しいみたい……？）

何も考えず彼に駆け寄り、彼の腕の中に飛び込んだ。淑女だとかそういうことは頭になかった。

ジルヴェストの前では、教えられてきたことをいったん外して、素直を心がけて振る舞うべきだろうか。

でも、少し心配だ。

（年齢差で、子供っぽいと感じられてしまわないかしら？）

彼が『十一歳年上』と心の中で言っていたから、エレスティアも気になってきた。

「あのっ」

「ん？」

彼が美しい深い青の目を開き、優しい声で聞いてくる。

この声、好きだなとエレスティアは思った。

世界で一番優しくて、この腕の中は世界で一番安心していいんだと思える。

「これからも、気にせず飛び込んでしまってもかまいませんか？」

「え」

安心して、思いきって尋ねてみた。彼が目を丸くしている。

「も、もちろん、かまわない」

やや遅れて返事があった。反応は鈍いが、後ろから強烈な心の声が上がった。

『やったぞ！　エレスティアが、これからも俺のもとに素直に駆けてきてくれると！　バリウス公爵を信頼して腕に飛び込む姿をクソうらやましく思っていたが、俺にもしてくれるなんて！』

そういえば図書館にバリウス公爵が来た時、呼ばれたので腕に飛び込んだら、なぜだかジルヴェストが固まっていた。

あれは、そういう心境だったらしい。

「ただ、心配なことがあるので一つだけ確認させてください。それでだめだとわかったなら、しませんから」

「えっ」

『え！』

彼の控えめな声に続いて、大きな心の声が上がった。

「私、ジルヴェスト様に子供っぽいとは思われたくないのです」

「……うん？」

ジルエヴェストが珍しい感じの表情になる。

『どういう意味なのだろう。いや、こういう時々純朴さゆえに思考が推測できない彼女もかなりかわいくて好きなのだが、子供？　子供ってなんだ？　お前はわかるか？』

　えっ、とエレスティアは密かに驚いた。

【わかりかねます、我が主】

『だよなぁ……』

　ジルヴェストと心獣が会話をするのを聞くのは、初めてだった。

（こ、これ、心獣が聞かせているのよね？）

　どうして、なんの意図が、と思う。

　とはいえジルヴェストが困惑しているのはよく理解した。

　ここは、恥ずかしいと思ってもちゃんと言うべきだろう。エレスティアは勇気を奮い立たせる。

「あのっ、私はあなたの妻ですから……その、子供に対しての遠慮みたいなことをされたら、寂しいなと思って……」

　言いながらも顔が熱くなる。

（これでは女性として扱ってくださいとねだっているみたいではないかしら？）

　なんてはしたない、と思うもののそんな意図はないのも事実だ。

「つまり、子供っぽくないかただただ心配になったのです。……父や兄たちみたいに、ジルヴェスト様と接してもちゃんとあなた様とつり合う妻でいられますでしょうか？」

　彼が父たちやバリウス公爵のように、自分にも甘えて欲しいと思っているのならエレスティアだって努力はしたい。それでジルヴェストが喜んでくれるのなら、彼女だって嬉しい。

　自分は、彼の癒やしの役に立ちたいのだ。

（日頃からがんばっていらっしゃるから、疲れを癒やして差し上げたい――……）

するとジルヴェストが急に肩を掴み、エレスティアを少し離した。

その勢いに驚いた直後、体をくるりと仰向けにされ、気づいた時にはジルヴェストが上にいた。

「ジルヴェスト様？」

驚いたエレスティアは、自分の上に現れた彼の顔が真っ赤になっているのを見て言葉が途切れる。

心の声は聞こえなかった。後ろを見てみると、ベッドのそばにいたはずの心獣がどちらもいなくなっている。

「君は――かわいすぎるだろう」

「い、いえ、かわいくは」

「つり合うだなんて、そんなことを気にするくらい俺が好きだなんて、かわいい以外に言葉が見つからない」

エレスティアは、かぁっと頬を朱に染めた。

「……好き、ですもの」

「なら聞いて欲しい。つり合うかどうかなどは考えなくていい、俺の妻は君だけだ。どんな君であろうと俺と君が愛し合っている、それだけで十分じゃないか？」

言いながら額にキスをされる。

諭されているのだろうとエレスティアは思って、素直に答える。

「はい」

「ああ、もう、そういうところがまた愛らしいのだ。君は、俺の我慢をどれほど限界に近づければ気が済むんだ？」

　よくわからない。彼の眼差しが熱くて、心臓がどきどきしてうまく考えが働かない。

「――それなら、つり合う妻らしいことをしてみる？」

　彼の手がエレスティアの髪をすくい上げる。近づいてくる顔に鼓動が早鐘を打つと、そこに口づけを落とされる。

　至近距離で見つめ合う。

　彼に、今にも自分の心臓の音が聞こえてしまうのではないかと、エレスティアは心配になった。

「すまない、冗談だから安心して欲しい」

　目を合わせて間もなく、ジルヴェストが両手を軽く上げて離れていく。

「怖がらせてしまったのなら詫びる。……これで君に嫌われたり、よそよそしくされてしまったり一緒に眠りたくないなんて言われてしまったら、俺はショックでどうにかなってしまう」

　彼が言いながら隣に横たわり、エレスティアの背に手をあてて引き寄せ、抱きしめる。

「……それでも抱きしめるのですね」

「嫌だったか？　さっきの今で嫌だと言われても、俺はこの腕を離さないからな」

「ふふ、いいえ、嬉しいです」

　エレスティアは、彼を優しく抱きしめ返した。

「嫌いになったりしません。私の方こそ、抱きしめて眠ってくださるのが嬉しいんです。ジルヴェスト様が大切にしてくださるおかげで、もう、一人では眠ることなんてできなくなってしまいましたもの」

恥ずかしながら申告する。

素直になってくれる方が嬉しいと、彼がそう思ってくれるのがわかったから。

「君は――っなんてかわいい人なんだ」

ジルヴェストが不意に抱く腕に力を入れる。

それは、ジルヴェストこそだとエレスティアは思った。

怖い人だというのが第一印象だったのに、彼は、第一印象ともまるで違っていた。

初夜の時から、エレスティアへの配慮ばかりだ。

(思えばベッドの上で反省した姿を見たのが、始まりだったわ……)

婚姻の日は、もう戻ってこない。

思い返し、悪いことをしたなとエレスティアは思った。

彼は形ばかり無理やり抱くつもりもなく、契約結婚を口にしてきた。

けれどもし、あの夜、エレスティアが初めから堂々と向き合っていたのなら今の二人の距離感は、違っていただろうか。

(ああ、そうか私、彼に〝ちゃんと〟愛されたいんだわ)

こうして抱きしめ合うのも好きだけれど、もっと、ちゃんと密着してみたい。

エレスティアは、彼とのつながりを今や待ち望んでいる自分がいることを知った。

彼になら、心からこの身を捧げたいと思っている。

「あなたの妻になれて、嬉しいです」

幸せすぎて、彼の腕の中でまどろむ。

と、不意にまた少しだけ彼が離れるのを感じる。嫌だなと思って、エレスティアは咄嗟に彼のガウンの胸元を握っていた。

「ジルヴェスト様、離れないで。そのままくっついていてください」

「離さない。ここでも、君を感じさせて欲しい」

目が合った時、ぐんっと迫った彼の顔にエレスティアは驚く。

「あっ――ン」

重なり合った二人の唇は、いつもより深く密着した。

彼が余裕なく唇をはんでくる。喘ぐエレスティアの唇を開かせ、熱がすぐに咥内へと押し込まれる。

「んんっ……ん……んっ……」

エレスティアは彼の腕の中でキスに応えた。

(気持ちいい、安心する……)

いつも、就寝前に後宮の寝室でキスをした。大抵はしばらくすると離れていってしまう。

「お願い、離れないで、もっと」

新婚旅行の一日目、違う寝室のせいなのか、キスをしているのに切なさがお腹《なか》の奥で疼く。

ジルヴェストが呻き、もっと強く腕で引き寄せる。

「ああ、もっと、する」

「んぁっ、はっ、あ……っ」

「このままの君は危ないな。かわいくて、愛らしくて俺がおかしくなってしまいそうだ」

激しいのに、心地がよくて瞼が重くなってくる。

キスをしながら耳をくすぐられる。そうすると、体がびくびくっとはねた。

エレスティアは、無意識にその身を彼に絡めた。

(ぴったりくっついているのが、気持ちいい……)

お腹と脚を、すりすりとジルヴェストにこすりつける。

ジルヴェストの体が、一瞬固まり、そうして彼女を組みしいた。

「エレスティア、最後に俺の名前を呼んでくれ」

(最後……?)

とろんとした眼差しで、エレスティアは思う。

「ジルヴェスト、さま」

「ああ、かわいいな。たまらない」

舌足らずな声で名前を呼ぶと、彼が上から舌を押し込んで淫《みだ》らなキスをする。

「気持ちいいのなら、気持ちいいと言って欲しい」

「んぁ、ン、気持ちいい」

「愛していると言ってくれるか?」

「愛してます、はっ、ぁん、ンッ」

酒でもあおったみたいに頭がぼうっとして、彼にされるがまま、求められるがまま彼が望んだ言葉を口にする。

「もう十分だ。ありがとう」

なぜ、礼を言われたのだろう。

そう思った時、彼が舌の根を強く吸い上げた。

「んんぅっ」

頭の奥で幸せな感覚がはじけて、エレスティアは思考が真っ白になった。

◆◆◆

翌日、アインスはいつも通り空が明るくなってきた頃に起床した。

(そろそろ皇帝も起きられた頃だろう)

ジルヴェストの習慣なら熟知している。皇帝として即位したあとも、軍人皇子と呼ばれていた彼のリズムと変わっていない。

(——まさか初夜を決行してはいないだろうが)

静まり返った第二離宮の廊下を歩きながら考える。

宰相たちはそれを期待していたが、アインスとしてはけしかけるつもりは毛頭ない。

二人にして、流れでそうなるのならそれでもかまわない。

新婚旅行でそうするとジルヴェストが決めて、それで二人にとって特別な思い出になると合意したうえなら、それでいいと思っている。

同時に、手を出さないのならそれでも結構だ、と。

アインスとしては、ジルヴェストは不器用なまでに気持ちを伝えるのも苦手なのに、そんな彼に頬を染めまくっているエレスティアの初心《うぶ》さが心配だった。

彼女に初夜は、まだいささか早計ではないかと思う。

そもそも、そのへんの教育を、あの娘溺愛のドーランがきちんと行っているのか、ふと気になった。

（まさかやり方を知らないとかいうわけでは……ないよな？）

二人の寝所に到着したものの、アインスはついノックをしようとした手が止まる。

こういうことは、男の自分が聞くのはエレスティア相手だとはばかられた。

護衛騎士なので、性別抜きで親身にそういうことに寄り添ってもかまわないのだが、アイリーシャと違って、アインスはエレスティアの扱いには慎重になる。

ふと、アイリーシャにさせるのはどうだろうかと案が浮かんだ。

（邪魔かと思ったら、こういうところでは案外使えるな）

などと、失礼なことを考えた時だった。

「すでに俺は起きている、開けていい」

室内からジルヴェストの声が聞こえた。

なんとも落ち着いた声色だ。

（沈んでいるとも取れるような、男として満足しての声にも聞こえるような）

どっちだ。

とにかく、ジルヴェストがあんな物静かな声を出すのは異例だ。

不審に思いつつ、アインスは扉を開けた。するとすぐそこのソファ席に、一人うなだれて座っているジルヴェストを見た。しかもまだガウン姿のままだ。

「……何をなさっているのですか？　滞在初日なのに、まさかの寝不足ですか」

入室してみると、テーブルの上に用意されている水は半分減っている。

使用人をいったん呼んだのか、置かれているティーポットの紅茶の減り具合を見るに、ひとりで三杯は飲んだのもわかる。

「エレスティアがかわいすぎた……」

それで精神的に燃え尽きているみたいだ。

目を合わせるのも忘れ、幸福感に包まれているジルヴェストは、寝不足もあって警戒心がゆるっゆる状態で珍しく気も抜けている。

(これはエレスティアと一線を越えての満足感なのか、あの皇帝が愛らしさ一つだけで性欲も燃え尽きるほど満足しているのか——どっちだ)

アインスは、失礼にも真剣に考慮する。

「我慢しようと思ったんだが、寝るとさらに愛らしくてな。ここで時間をつぶすことになった……」

なんだ、手は出していないらしいと結論に至った。

ここは寝室の共同スペースだ。ベッドがある続き部屋の方を見ると、扉が閉まっていてどうやらエレスティアはまだ就寝しているようだ。

「いや、俺にとって展開がいい方に転がったもので、つい教えたのも悪かったんだ」

「へー、何を教えたのですか」

二人の仲が良好であるのなら問題ない。

のろけ話は興味がないのだが、無視してもエレスティアにベタ惚れの幼なじみはさらに面倒臭いことになるのはわかっている。

アインスは適当に相槌を打ちながら、ひとまずカーテンを開けていく。

「甘えても子供っぽくはないとエレスティアに教えた。――まぁ、そのまま甘えられると俺が危ないと思って寝かしつけたんだが、そうしたら、眠りながら甘えてきて余計に危なかった」

「なんてひどい寝相をしているのですか」

「ああ、最強の寝相だった」

その寝相に、ジルヴェストは至極ご満悦みたいだ。

（なるほど、それが最終的に燃え尽きの原因になった、と）

この幼なじみ、大丈夫かとアインスは同じ男として辛辣に思ってしまった。

（寝相で甘えられて満足って――父親か）

とはいえ、エレスティアにそんな寝相があったなんて意外だと、アインスは思った。

これまで彼女がそれを無意識に起こさなかったことを考えると、かえってすごいという感想が浮かぶ。

「ここは知らない場所であるので、唯一安心感があるジルヴェスト様を頼ったのでは？」

ふと、ピンときてそう言った。

エレスティアは人との関わりに対して臆病だ。引っ込み思案が影響して、話術もさぞ苦手なのでは、と思いきや、社交をさせると隙がない。

昨日のパーティーでは、自分の立場が厳しいのも痛感しただろう。

（それに対して、笑顔を崩さなかったのも健気だ）

外ではしっかりしようと努めている。

だが、夫であるジルヴェストの前では家族同様に安心ができるのではないか——アインスは幼なじみなりに考え、ジルヴェストに助言した。

「エレスティアが？　とすると……」

「普段は気丈に振る舞われていますが、初めての外国とあってお心細さはあるのでしょう。知っている者がいる方がいいと、オヴェール公爵も二人の息子を護衛に推薦したくらいですから」

「つまり俺は、癒やされまくるのかっ」

アインスは真顔で『そう考えるのか』と思った。

（この人、エレスティア様と出会ってから要求のレベルがかなり下がったんだよなぁ）

通常の男であれば、新婚旅行で異国の地に、となると普段よりも気持ちが強くなってこれまでできないでいたことを求めたり、期待したりするものだが——いや、彼には無理かと、アインスはすぐ結論づけた。

ジルヴェストは、それくらいエレスティアにベタ惚れしている。

（うん。面白いからそのままにしておこう）

ジルヴェストが、この年齢になってようやく青春らしい日々を送っているのは、幼なじみとしては嬉しいことだ。

アインスもまた、大切な人たちの新婚旅行ということで浮かれていたのだろうと思う。元気になったジルヴェストの暴走的な溺愛を予期できなかった。

「今日エレスティアに着せるドレスを選ぼうっ」

「……まずは少しでも寝てください」

このまま彼に選ばせたら、公務ということを忘れて欲望のままレースがたっぷりの少女が似合うようなドレスで着飾らせそうだ。

そこは、ちょっと趣味が悪いとアインスは思っている。

（年齢差があるし、絶対に変な注目を集めるに違いない）

皇帝の変な噂が立っても忍びない。

「いや、今すぐだ。大丈夫、今の俺は頭が冴えている」

「まさに徹夜明けの言い分ですね。寝ろ」

朝一番の面倒臭さに、アインスはつい舌打ちする顔で本音をこぼしたのだった。

第七章　生まれ変わりの皇妃とドラゴンの対決

その賑《にぎ》やかな訪問の知らせをエレスティアが受けたのは、滞在を初めたすぐ翌朝の、午前九時のことだった。

「今日も素敵な日だね！　宿泊初日はどうだった？　素晴らしい時間を過ごせただろうと思う」

早速、第二離宮に顔を出したのはワンドルフ女大公だ。

エレスティアはティーカップを膝に抱えたまま、早い時間なのに元気いっぱいな彼女に感心する。

同じ席には、爽やかな午前中の光を受けている美しいジルヴェストもいた。

どちらを見ても見目麗しい者たちで、エレスティアはまぶしくて目のやり場にも困ってもいるのだが——何より困っているのは、朝からの二人の温度差だ。

「えっと……夫が申し訳ございません」

ひとまず、ワンドルフ女大公の話を一通り聞き終えてからそう言った。

「ん？　皇帝？　いつもの表情だろう。相変わらずクールだね」

はたから見ると、普段の真顔に見えるのだろうか。

エレスティアと同じ円卓に座り、ティーカップを持っているジルヴェストは、先程からずっと不服そうに黙り込んで紅茶を飲んでいた。

（朝はそうではなかったのだけれど）

正しく言えばワンドルフ女大公が来るまでは、だが。

エレスティアはとても騒がしかった今朝のことを思い返す――。

起床したあと、朝食を終えたらなぜかドレスの試着会になってしまった。ドレスを着るとジルヴェストが大絶賛、続いて髪だと彼がアイリーシャに指示するのを見て『髪⁉』と驚いたのだった。

とにかく、今日は朝からジルヴェストはとっても機嫌がよかった。

アイリーシャと意気投合し、エレスティアを着せ替えている様子を、アインスはもうあきれ返った様子で眺めるのに徹していた。

ジルヴェストは、これでもかというくらいエレスティアを褒めに褒めまくった。

新婚旅行先で迎えた朝にふさわしいと言われ、そうしてフリルが多く入ったピンクのドレスに身を包んだのだ。

エレスティアは、普段の自分だったら、こんなかわいく主張する色を着なかったかもと思った。

エレスティアも彼と同じく、自国とは違う雰囲気の中で自分の気持ちも弾んでいるのを自覚していた。

普段と違う新しいドレスを着ると、なんだかどきどき感も新鮮だ。

何より、楽しそうなジルヴェストの無垢《むく》な笑顔が彼女の胸をときめかせた。少しの我儘なら付き合ってあげたいと思った。

のだけれど、そこへワンドルフ女大公が扉を勝手に開けて堂々と乗り込んできたのだ――。

（ジルヴェスト様の機嫌、あとで直ってくれるといいのだけれど……）

おかげで、ワンドルフ女大公との仲を今よりも友好的に、という計画は少し遠のきそうだ。

ワンドルフ女大公は人と仲よくなることに積極的なお人らしい。

内気で人の顔色をうかがってしまうエレスティアには、少しうらやましいとまぶしさも感じる。

「今日は、私のハーレムに案内する日だからね」

追加で淹れられた紅茶を飲むワンドルフ女大公は、上機嫌だ。

（またハーレムって……）

エレスティアが考えた一瞬、同じく室内に沈黙が落ちる。

「……えぇと、それでいらっしゃったわけですね。ですがお時間は午後からだとお聞きしましたが」

「忘れてはいけないので挨拶を先にしておこうかと思って。あ、招待状は護衛部隊が魔法反応がないか厳重に確かめたうえで受け取っていたよ。私に露骨にうさん臭そうな顔をする紳士を見たのは、初めてだな～」

はっはっはとワンドルフ女大公は紳士みたいな笑い方をしたが、エレスティアはそれを受け取ったのが誰かすぐ思い浮かんでいた。

（――リックスお兄様）

護衛部隊の中で、魔法鑑定にも優れているのは長男のリックスだ。

彼の目に、この魅力的な男装の麗人は不審者極まりなく見えたのだろう。

「招待状も君のために、フリルを取りつけて特別なものを作ったよ。あとで楽しんでくれ」

ワンドルフ女大公がウインクをする。

そもそも招待するのは皇帝と皇妃の二人なのではないか。なぜ自分向け、と考えた時にはすばやく目の前に壁が現れていた。

「あら？」

なんだろうと思って瞬きした時、それがようやくジルヴェストの腕だと気づく。

アインス、続いてアイリーシャがひそひそと話す。

「皇帝陛下、なんて心の狭い……」

「わたくしも見損ないましたわ……」

「あっははは！　あなたは本当にエレスティアを愛しているのですねぇ」

ワンドルフ女大公がなぜか腹を抱えて笑う。ジルヴェストはむすっとして余計に強面が増した顔で、腕を下ろして紅茶に口をつける。

「このようにエンブリアナ皇国から団体を招くのは初めてだ。君たちの心獣について危ぶむ声もあったが、よくよく訓練されてしつけられているのは、実に素晴らしい。屋根の上にいる姿を国民たちも喜んでくれているよ」

「主人以外には感心がないので、周りで騒がれようと危険はないことはお約束する」

「近づかなければいい、ですよね？　ふふ、私としてはその小さな小鳥が同じく危険な心獣とは、誰も気づかなかったのも面白かったですよ」

女大公が手を伸ばしてくるのを、エレスティアは肩にとまっているピィちゃんと共に眺めた。

心獣は、魔法師を守るための存在。主人以外には牙を向く習性は知られている。

だが、小鳥の姿をしているピィちゃんはかなり異例な存在になっていた。パーティー会場でも人を警戒することなく自由に過ごせるのだから。

（ピィちゃんはワンドルフ女大公様に拒絶反応は示していないけれど、触るのはさすがに危険だと思うのよね）

ピィちゃんに触るつもりなら、断ろうとエレスティアは思った。

その時、腰を上げたジルヴェストの手が、ワンドルフ女大公の手をそっと手の甲でよけた。

「失礼。新婚旅行中の妻です、ご容赦ください」

「あははは、そうでした。こちらこそ申し訳なかった。愛らしいもので、つい、愛でたくなります」

一瞬、二人の視線で火花がちったような気がした。

「そうそう、特別なパーティーを楽しみにしていてくれ。王都でもとっておきの男装の麗人たちだ」

「男装……？」

腰を戻したジルヴェストが、秀麗な眉をふっと唐突に寄せた。

「役者とお聞きしましたが、まさか男になりきって我が妻をあなたのように口説いたりは――」

「〝かっこいい〟に憧れ、そして〝かわいい〟を愛でる麗しい集団だよ。きっとエレスティアは一番の人気者になると思う」

「お待ちを。すべて女性たちのはずでは？」

「そう、殿方にとってはほぼハーレム状態。皇帝陛下もぜひ楽しんでくれ」

「俺はエレスティア以外に興味がない」

とうとうジルヴェストが素の口調で言ったが、ワンドルフ女大公は彼の話に重きを置いていないみたいだ。紳士のように「よしっ」と膝を叩いて立ち上がる。

「我々は支度に忙しいので、またパーティーでお会いしよう」

「支度……？」

ワンドルフ女大公はそもそも男装の麗人だ。もう十分素敵なので、これ以上美貌の紳士に変身する隙さえもないのにと、エレスティアは不思議に思う。

（あっ、もしかしてドレス姿でも見られるのかしら？）

そうだとしたら貴重だ。どこからどう見ても紳士に見えるのだが、この美貌なので、大美女に変身するのかもしれない。そう思ったらエレスティアも楽しみになった。

「あ、それまではもちろん観光するだろう？　開催時間まではアヴィベーラ花園に立ち寄って観覧を楽しんでくるといい。あそこは恋人たちの観光地として、我が国に訪れたのなら一番目に回りたいと有名な場所だ。きっと、皇妃も気に入るだろう」

それはワンドルフ女大公から、皇国の皇妃への言葉であるらしい。

レスティアのそばで見守るアインスたちの顔には、「皇帝には？」と書かれてあった。


というわけで、身支度を整えたのちアヴィベーラ花園を訪れた。

そこは宮殿から心獣を飛行させると、ほんの十分もかからない距離に存在していた。

「まぁ、青い薔薇《ばら》がたくさん咲いているわ」

上空から見ていると、ブルーにきらめいていて、一瞬、都会のど真ん中に湖があるのかと勘違いした。

そこは中央にとても珍しい青い薔薇、そうして高級な品種の花々が一般市民でも見られるように造られた大庭園だ。

通常、宮殿から馬車で三十分ほどで到着できる王族所有の管理地となっている。

「いい場所を教えてもらったな。出立前、図鑑を見ていただろう」

「ど、どうしてそれを」

「君は、植物も愛しているからだ」

下に待機していたワンドルフ女大公の騎士たちが人をどけるのを確認しながら、ゆっくりと心獣を降下させていく。

「それは……オヴェール家の屋敷にも、たくさん緑がありました。父と兄たちが私が寂しくないよう気にかけてくれていて、広い庭を植物でいっぱいにしてくれていたんです。幼い頃、バリウスおじ様がいらした時も、そこでピクニックや淑女のお茶会などのままごと遊びもよくしました」

懐かしいことを思い出した。

植物の名前を調べるきっかけになったのは、バリウス公爵が興味深い説明で教えてくれたからだ。

『君の母君はね、この植物が好きだったよ。花をつけないのに形が猫の鼻みたいだと、面白い見解を言ってくれてねぇ』

思い返してみると、彼はよく優しい顔で母の話をしていた。

「そうか。彼が――植物好きだというのは初めて耳にしたな」

「そうなのですか？」

「父の右腕で、俺にとっては教育係だったたから、まぁ『ただの物知りで口うるさいおじさん』だった」

気のせいか、どこかはぐらかされた気がした。

地上に降りたのち、同行したアインスと数名の騎士が門で待機し、エレスティアはジルヴェストと共に庭園の中へと進んだ。

小鳥の姿に戻ったピィちゃんが、先に上機嫌に飛んでいく。

その小さな姿は、花園を飛んでいる愛らしい小鳥たちに溶け込んでいた。

「ふふ、他の小鳥と友達になりたいみたいですね」

「まぁ普通の心獣は、姿が似ていようとそうしないんだが……ピィちゃんは心獣とも仲よくしようとするしな。喜んで飛んでいったのかもしれない。心獣をそんなふうに思うなんて、おかしな想像かもしれないが」

「私はいつだってそう考えてますよ。ピィちゃんは小さな子供みたいですもの」

彼の顔を覗き込むと、どちらともなく小さく噴き出した。

エレスティアはジルヴェストの腕に手を回し、花壇に挟まれた通路を歩いていく。

入り口から入ってすぐのところには、大きく柔らかい花弁を持った白い花が咲いていた。とても珍しいものだ。

「少しツンとした香りですね。図鑑通りです」

花弁は、レースを組み合わせたように上品だ。

「あちらはシェレスタ王国の国花だな」

「ズオンティダーナというようです。魔法花の一種で、温かな半年間だけ見られて、寒くなると薄紫の花は閉じて黄色い綿毛のような丸い花に変わるとか」

「エレスティアはすごいな。読んだ内容をすべて覚えているのか？」

「え？　変ですか？」

普通、記憶されるものではないのだろうか。

ジルヴェストが「そうか」と答え、顎を撫でながら視線を向こうへと投げる。

「何か、気になることでも？」

「いや——もしかしたら、扱える魔法数が多いのかもしれないな、と思ってな」

エレスティアはどきりとした。密かに深呼吸し、できるだけ平静を装って相槌を打つ。

「どうしてそうお思いに？」

「扱える魔法に関してなら、呪文を一度見れば頭に刻まれるという特徴が一部の強い魔法師にはある。使える間は、その魔法を忘れることがない。魔力量が多いほど詰め込める知識も多いという仮説も存在している」

後者の憶測はとくに的を射ている気がした。

パーティーでは、博士号を持つ貴族たちも驚いていた。ただの読書家であるだけなのにそこまで頭に入っているのかという驚きだった——のかもしれない。

それがおかしいなんて、今までエレスティアは考えたことがなかった。

趣味の読書の知識をわざわざ披露する機会なんてない。

(魔力が遅咲きで開花する前からそうだとすると、……古代王ゾルジアの言葉は正しいの？)

使える魔法は多いのか。

(ううん。でも私は、攻撃には向いていない)

使う魔法を思い描くことと、魔力を動かす際に感情が合致すれば可能かもしれない。

けれど、浮遊魔法だって全然うまくいかないのでいるのだ。

もし攻撃魔法を使えたとしても、古代王ゾルジアは『最大の攻撃魔法』と言っていた。

だからエレスティアが使えても、せいぜい持っている魔力のうちのほんのわずかなのだろう。

（でも、そのわずかな可能性についてもジルヴェスト様には話していた方がいい……？）

けれど今は新婚旅行を楽しみたい。

エレスティアは考えを再び胸の底に押し込んだ。その時、誰かが話す声がエレスティアの耳に入ってきた。

「さすがは皇帝陛下、先程あちらにいらしたが貴殿は見たか？」

「いや、今来たところだ」

「離れていても抑えられている魔力の強さが感じられるほどだったよ」

見てみると、向こうの通路を貴族たちが男女の団体となって優雅に散策している。

「風格が違いますわよねぇ」

「隣にいたのが迎えた妃だというが、全然魔力を感じなかったぞ。圧縮で気配を絶てるほどの技量があるとも思えないしな」

「お飾りの皇妃なのでは？　彼女の心獣は、確かに目を引きますし」

若い男が、嫌みっぽい言い方で共に歩く者たちを盛り上げた。

「魔法師は強者の集う国だろうに、国民は本当に彼女が妃でいいと思っているのか？」

「さあな。彼女には何もできないのは確かだ」

「ははは、国民を守るどころか、いざとなったら逃げ出すでしょうな」

「心獣だけが立派で、本人は襲われたらひとたまりもないだろうよ」

こちらに二人がいるとも気づかず、貴族たちがどっと笑う。

辛辣だが、それがエレスティアに対するシェレスタ王国の魔法使いたちの率直な意見だろう。ジルヴェストにもその声は届いているはずだ。

直前まで新婚旅行を楽しみたいと思っていた自分が恥ずかしい。

エレスティアはうつむいた。彼の顔に泥を塗ってしまったのではないかと気にしたのだが、不意にジルヴェストが後ろからエレスティアの耳を大きな手で塞いだ。

「君を知らない者たちの言葉は、聞かなくていい」

耳元で告げられた温かな言葉が、胸のこわばりを解かしていった。

「強い魔法師であると公表できないでいる俺の責任でもある。魔法による争いに巻き込ませないためとはいえ、君が自分自身を守れるようになるまでは、俺はできる範囲で君を守りたい。そんな俺の我儘を押しつけている状態だ――すまない」

「そんなことありません。ジルヴェスト様が誰よりも想ってくださっているのは知っています」

エレスティアは、彼の手を取って振り返る。

確かにエレスティアには、アインスやアイリーシャのように自分を守る力さえない。

知識ではなく、愛する人を心配させないよう、前世で護身だけでも習っておくんだったと後悔を覚えた日もあった。

「ありがとう、エレスティア」

ジルヴェストが申し訳なさそうに優しく微笑む。

公表を今も迷っているのだろう。

(それを気にしていらっしゃるんだわ。私が弱いのが悪いだけで、彼は何も悪くないのに)

どうしたらいいのだろう。

好きだからこそ、彼を困らせない道を考えると答えを出すのが難しい。

「俺たちの国民が、君こそが皇妃だと認めている。それだけでは不安か？」

エレスティアはそれを聞いて、心の中に温かさを感じると共に、ぐるぐるとたまっていたもやが吹き飛んでいくのを感じた。

（――そんなこと、ないわ）

初めは、誰もエレスティアのことを受け入れてくれていなかった。

興味を持つ価値もないと、利口な者たちは目にもしていないと言わんばかりに、父や兄たちばかりを見ていた。

でも、今ではそんな彼らにエレスティアは応援されている。

そうして国境で時間を共にし、歓迎され、今は見守られて『いってらっしゃい』とみんなが見送ってもくれた。

「いいえ。不安なんてありません」

ただ、欲張ってしまったのだ。

ジルヴェストが努力し続けた年月を考えれば、エレスティアなんてまだまだ外国で認められていないのはあたり前の話だ。それなのに、愛するあまり埋められない年齢差の分、追いつきたいと焦った。

そうして短絡的に『自分はだめだ』と責め、沈んでしまうところだった。

これは前世で無力でどうにもならず、一人で悩みを抱えて死んでいってしまったことが心に残っているせいだろう。

これを、エレスティアはいつかは乗り越えなければならない。

（彼となら、変わっていける）

いつだってジルヴェストの愛が、初めての恋がエレスティアを助けて、手を引く彼と共に彼女を前へと一歩ずつ進めてきた。

「ありがとうございます、ジルヴェスト様」

エレスティアは公表を迷う彼の葛藤と胸の痛みをどうしてやることもできず、少しでも痛みが軽くなってくれますようにと祈って、彼の胸に寄り沿った。

その後しばらくジルヴェストから言葉がなかった。

（あら？）

ようやく『変ね』と気づいたエレスティアは、どこからか彼の声が聞こえてきてビクッと肩をはねる。

『俺の妻が世界で一番愛らしい。反応まで癒やしの塊で、心を殴ってくる……』

大変だ、彼の心を殴るつもりはなかった。

ただ寄り添っただけなのだが、いったいどうしたのだろう。

心配になって上目使いで忙しなく見上げると、一瞬ぱちりと目が合った彼が、今度は悠然として見えるその表情を色っぽく染めて口元を手で覆った。

エレスティアも、かぁっと頬を染めた。

心の声が聞こえなくとも『かわいい』と感じているのが見て取れた。

そこまで露骨に反応をされると、言葉以上の何かが確かに胸を殴ってくる感じがして、エレスティアもどこをどうかわいく思われたのかわからないのに顔の熱が下げられない。

『ここでキスをしたら、嫌われてしまうだろうか』

（え⁉）

さすがにまずいのではないだろうか。ここは他国だ。

その時、思考するような彼の声が離れていく。ハッとしてその方向を捜し、エレスティアは優雅に黄金色の尻尾を振って離れていく心獣の後ろ姿を見た。

（このタイミングで離れていって欲しくなかったわっ）

正直、続きが大変気になる。

心獣でジルヴェストの心の声が聞こえてしまうからキスだって予期できたが、わからなくなったら胸のどきどきがすごい。

しかし、そんなエレスティアの表情を勘違いして受け取った人たちがいた。

先程まで非難していた人々が心獣に気づき、その拍子にエレスティアと視線がぶつかった。彼らは話を聞かれていたら大変だというように、そそくさと離れていく。

その表情を見られてしまっていたから、ジルヴェストに勘違いされたようだ。

「エレスティア、青い薔薇に見とれていただろう。あそこへ行ってみよう」

「は、はい」

気晴らしをしてくれようとしたのだろう。エレスティアはキスのことが大変気になったが、このままうやむやにしてしまった方がいい気がして、ジルヴェストに手を引かれるままに足を進めた。

向かった先に広がっていたのは、空から見ていた青い花の海だ。

「なんて美しいの……」

思わずその景観に心が奪われた。

「それに、薔薇特有の香りはしないですね。甘くて、ほっとするいい香りです」

「ああ、品種改良された新種の薔薇のようだ。別の国に魔法の花の発注をしたようだな」

ジルヴェストが、青い薔薇の花壇の入り口で看板を見つけた。

それは相当お金がかかることだと聞いていた。

「それを市民のために……さすがシェレスタ王国ですね」

手をつなぎ、青い薔薇の通路を進む。

二人で自国にはない薔薇の色をしばし堪能した。

ピィちゃんの姿が見えないのは、同じく大庭園をうろうろと歩き回っているジルヴェストの心獣でも見つけ、追いかけているのかもしれない。

「――どうもあの女大公は、君に執心と見える」

中央を少し過ぎた時、腕にエレスティアの手を引き寄せていたジルヴェストが、物憂げに薔薇に触れる。

「そんなことはありませんよ」

まだ嫉妬しているのか気になった。

彼女は、恐らく女性には甘い人なのだろう。

エレスティアがあまりにも縮こまっているのが気になって、積極的に声をかけるようにしたのかもしれない。

ワンドルフ女大公はすごい人だ。

その眩い輝きに溢れた自信を前にすると、エレスティアは一人の女性としてはまだまだなのを自覚した。

味方になったらとても心強い人だとは聞いている。

以前、彼女がジルヴェストのことを認めていたので、仲よくなってくれると嬉しいとエレスティアは思っているのだが、彼の様子からすると時間はかかりそうだ。

(それとも、私の方で説得してみる?)

同性にも嫉妬してしまうとは聞かされたが、相手は夫がいる外国の女大公だ。

何も嫉妬する必要なんてないのだと、もう一度ジルヴェストに駆け合ってみるのはどうだろう。

「ジル――」

彼と触れ合っていない方の手を持ち上げ、声をかけようとした時だった。

ジリッ、と体の中で何かが警戒反応を示すのを感じた。

(え)

頭に雑音が走るような感覚がする。

「エレスティア?」

足を止めた彼女の体を、ジルヴェストが見る。

「どうした?」

「いえ、その、変な感じが」

小さな鳥肌が立つような感じがあった。空気が乾いているわけでもないのに、冬入り前のように肌が乾燥でピリついているみたいだ。

思わず袖をこすったエレスティアは、鳴り響く警報音を聞いた。

「な、何っ？」

うー、うー、と魔法仕掛けの機器が立てる巨大な音が辺り中に響く。

すると、直後に悲鳴を聞いた。

「ひぃい！　助けてくれっ、グレートドラゴンだ！」

「きゃあああああ！」

グレートドラゴン、その名前はエレスティアも知っていた。

各国を悩ませている魔獣については、実のところ地域によって生息する種が少しずつ違っている。

シェレスタ王国と近隣の三ヵ国のみに生息する凶悪な魔獣――それが、他の魔獣をも食べてしまうというグレートドラゴンだ。

翼を持った飛行型種に分類され、濃い灰色の大きな体のため上空から圧倒的な威圧感を放つ。その体長は最大十メートルにもなるとされている。

（大きい）

ハッと上空を見ると、五体のグレートドラゴンがいた。

二メートルほどの体長があり、コウモリのような翼を広げると尖《とが》った口元が余計に恐ろしく見える。

「なんで五体も現れるんだっ、ここは首都のど真ん中だぞ！」

向こうから青い薔薇園へ走り込んできたのは、先程エレスティアを揶揄《やゆ》し噂話に花を咲かせていた貴族たちだ。

「背を向けるな！　逃げる獲物を真っ先に食らう習性があるんだぞ！」

ジルヴェストが叫ぶ。

「グレートドラゴンの攻めを防御するほどの魔法は使えないのですっ」

「頼みます助けてください！」

「ここに来ればあなた様が守ってくださるのでしょうっ？」

ジルヴェストが怒りをあらわにし、その目に軽蔑の色を浮かべる。

それを見た瞬間、エレスティアは心臓がどくんっと熱を持つ感覚がした。

彼らは自分をバカにした。今だってエレスティアには目も向けず、本来だったら許可なく声をかけていい相手ではないジルヴェストに『助けろ』と要求している。

彼らのジルヴェストへの扱いにも嫌悪感が爆発しそうになった。

感情の波が胸で暴れるのを感じた。頬がかっと熱くなり鳥肌が立つ感覚、これは――怒りだと気づかされる。

（ジルヴェスト様が手を下すまでもない）

彼にそんな手間などかけさせない。エレスティアはグレートドラゴンへ目を向ける。

狂暴な雄叫《おたけ》びを上げて向かってくるその魔獣へ再び視線を定めたエレスティアの目からは、恐れなど消えていた。

「〝絶対命令〟止まりなさい」

体の中でうねるような熱く重々しい怒りの感情と共に、言葉が唇から一気に溢れ出た。

グレートドラゴンが空中で一斉に動きを止めて固まった。

「エレスティアっ――」

焦ったようなジルヴェストの声が聞こえたが、息をするように魔獣へ命じてその動きを支配したエレスティアは、敵から目をそらさなかった。

そうだ、自分にはこの力がある。

けれど次は？　とエレスティアの思考が一瞬止まりかけた時――。

『言葉はいらない。思い描くだけでいい』

古代王ゾルジアの言葉が、ふっと脳裏によみがえった。

『真似というよりは完璧な再現だ。見たものだけでなく、聞いたものでさえもできる。必要な感情がともなえば君の魔力は応える』

他の誰にもできないこと。エレスティアも古代王ゾルジアと同じく、想像が勝手に魔法をつくり出してしまうのだと彼は言った。

『前世の記憶が戻り始めているのは君に必要な感情を戻すためだろう』

前世で抱いていたこの怒りの感情も、そうなのか。

今はどちらでもかまわない。

今なら使える――エレスティアは胸で暴れて苦しいくらいの感情の波が押し寄せてきた瞬間、そう悟った。

この燃えるような熱い波を感じると同時に思い出されるのは――尊敬している父の炎だ。

バレルドリッド国境で見た、翼を持った魔獣たちを一瞬にして焼き払い、塵《ちり》にした父ドーランの大魔法を思い出す。

感情がともなえば成功する。

（なら、あとはただ、思い描くだけ）

ぼぼっ、と火の気配がエレスティアの周りで起こる。

熱に気づいて咄嗟に離れたジルヴェストが、目を見開く。

彼女のハニーピンクの髪が魔力でふわりと舞う。皇帝へ助けを求めて駆けていた人々が、大庭園にのしかかる魔力を感知してエレスティアを注視する。

エレスティアの瞳が、高濃度の魔力で光った。

「――〝地獄の炎鳥〟」

グレートドラゴンに向け、右手を伸ばして指を差す。

その瞬間、魔獣たちのいる上空が炎の海となった。

ぼんっと上がった破壊音は練り込まれた魔力量の多さに強風を起こし、魔力が少ない者たちが体を支えられず、尻もちをつく。

ある者は悲鳴を上げてうずくまり頭を抱えた。

そしてある者はガタガタと震えながら、呆然と赤く染まった空を見る。

「ギャアアァァアァッ！」

五体のグレートドラゴンが断末魔の叫びを上げて骨まで焼かれていく。

それは、あっという間の出来事だった。

（庭園の花たちに何かあってはいけないわ）

エレスティアが炎をつくり出している魔力を引き戻すイメージをすると、上空を一面の火の海にしていた魔法がふぅっと消えた。

同時に、高濃度の魔力の輝きを帯びていたエレスティアの瞳の光も消える。

（ピィちゃんが鳳凰化して魔力を解放した状態ではないのに、私にもできたわ）

エレスティアはそう思い、他国の国立庭園を吹き飛ばしていたかもしれない可能性にさーっと血の気が引く。

まさか自分の攻撃魔法がこんな威力になるとは思っていなかった。

震えが込み上げる。

（わ、私……攻撃魔法が不向きのはずですよねっ？）

こんな話、古代王ゾルジアに聞いていない。

とすると古代王ゾルジアが肩代わりすると言ったエレスティアの本来の『最大の攻撃魔法』とは、いったいどれほどの威力なのだろう？

「〝風よ、道を開けよ〟」

その時、ジルヴェストの短縮された呪文が聞こえると同時に、漂っていた消炎が風の魔法で一気に吹き飛ばされた。

しん、と辺りが静まり返っている。

エレスティアは彼を振り返り、貴族たちが声も上げられず震えていることに気づいた。

「先程の話、聞こえていたぞ。私は妻を愚弄されてもそなたらを守るほど、優しい王ではない。だが、我が妻はそなたらの話を聞いたうえで、寛大にも滅多に使わない魔法を行使したのだ。命をつなげられたこと、ありがたく思うがいい」

ジルヴェストの視線は極寒だった。

軍人王にして、冷酷な皇帝。

その噂を知っているかのように、貴族たちが震える。尻もちをついていた者たちも一緒になって、がくがくしている手を地面について平伏した。

「も、申し訳ございませんでした皇妃様、深くお詫び申し上げます」

「我々はあなた様に命を助けられました」

「このご恩、忘れません。先程の無礼な発言、どうかお許しください……」

「ど、土下座はやめてくださいっ。ここにグレートドラゴンが現れたことを、どなたか各所に知らせてくれませんか？」

「それでしたらわたくしめがっ」

一番文句を言っていた男が早く立ち上がり「魔法の杖」と叫び、右手に召喚した。そうして杖にまたがると一直線に大庭園を出ていく。

他の者たちも次々にそれにならった。

「ジルヴェスト様、その、先程は皆様へのお言葉をありがとうございました」

滅多に使わない、と彼が言ってくれたおかげで、人々はエレステスアが元々魔法を使えると思ってくれた。

けれど——使えて、しまった。

（私は、今、父だけが持つ大魔法を使った）

考えも、そして言葉を出すのもままならないくらい胸がまだどくどくしている。

「まずは深呼吸だ」

ジルヴェストが正面から肩を優しく支え、エレスティアにそう言ってくれた。

「炎属性は調整に失敗すると喉が焼ける。君は大丈夫か？」

「は、はい、私は……」

全属性の魔法を唯一使える皇帝だからこそのアドバイスだろう。

エレスティアは、呼吸を整えながら彼を見上げた。

「……ジ、ジルヴェスト様、私……魔法、使えてしまいましたわ」

使った際の感覚が、体に刻まれている。

（今なら、他の魔法も使える気がする）

この胸をどくどくと鳴らしている嫌な感覚は、恐らくは魔法を使うために必要な感情だろうが――

エレスティアには苦しかった。

無力な自分を嘆いた悲しみ、その前にあった怒り。

まだすべて思い出せていない前世の『怒り』の記憶が、気をつけないとフラッシュバックしそうになる。

それでいて、グレートドラゴンを殺してしまった。

魔獣とはいえ、目の前で自分は容赦なく塵にして、骨さえ残さなかった。

（私、あの時、一瞬さえも迷わなかったわ）

我に返るとショックがあった。攻撃魔法をためらいなく使った自分が、怖い。

そのせいで、握った手が軽く震えて、その震えが止まらないでいる。

「エレスティア――」

ジルヴェストの手が、戸惑いと混乱に青ざめた彼女の頬に伸びかけた時だった。

うー、うー、と警報音が鳴り響いてエレスティアはビクッとした。

「いったい、何が――ぶっ」

顔を上げ、きょろきょろとしたエレスティアの頬に、何かが勢いよくもふんっとぶつかる。

「ピィちゃん！」

「ぴー！　びびぃ！　ぴ〜っ」

まるで懺悔《ざんげ》でもするみたいにずっと鳴いている。

（そうか、この子は私のために小鳥の姿になることを選んだ――）

エレスティアはピィちゃんを両手に抱いた。

「私は大丈夫よ、ありがとう、ピィちゃん」

「ひとまず出よう」

「はいっ」

エレスティアはジルヴェストと走った。

大庭園は大騒ぎになっていた。他にもグレートドラゴンが入ってきているのか、建物の奥に逃げなければと人々が騒いでいる。

「大変ですー！　異常事態です！」

その時、先程一番目に魔法の箒《ほうき》で飛んでいった男が戻ってきた。

「グレートドラゴンたちが次々に飛来して、宮殿が襲撃に遭っているみたいです！　残っている皇国の魔法師たちも加勢に入って止めているとっ」

「グレートドラゴンは、わき目も振らず宮殿へ？」

ジルヴェストが上空から魔法の箒で追いかけてくる男に、顔をしかめる。

「妙だな、餌にする人間は何も宮殿にいる者でなくともいいはずなんだが……」

「アイリーシャ様たちは宮殿に残ったままですっ、とにかく行きましょう！」

今は、自分のこの手の震えなどどうでもいい。

いや、むしろ邪魔だ。

息を吸うように大魔法が使えてしまった。

古代王ゾルジアが『思い描くだけでいい』と言っていたのは本当だった。いや、もしかしたら偶然かもしれないが、今は目の前のことが大問題だ。

「もちろんそのつもりだ。行こう」

エレスティアの強い眼差しを受け止め、ジルヴェストが彼女の手を取って走る。

人々の逃げ惑う中を進んだ。やがて出入り口が見えてくる。

「ピィちゃんっ、鳳凰化を――」

「おっとー、それはほんの少しだけ待って欲しいな」

「ふぇ？」

知っている女性の声が、なぜか空から降ってきた。

見上げると、豪華な馬車が真っすぐ落下してくるのが見えた。

「きゃあああっ」

エレスティアは悲鳴を上げた。

御者席から、執事服を着た白いひげの小柄な男性が、のんきに彼女を見下ろしている。

「ほっほっほ、危ないのでどいた方がよいですよー」

ジルヴェストが「魔法で打ち上げたのかよ、無茶をするっ」と憎たらしそうに言いながら、エレスティアを片腕で拾い上げて移動する。

直後、大庭園の出入り口の少し手前にドンッと馬車が着地した。

「騒ぎは聞いた、残念ながらパーティーは中止だ」

馬車の扉が開き、中からワンドルフ女大公が出てきた。

彼女は宮殿で見た時以上に派手なジャケット、ラメまで入ったシルクのパンツをはいていた。

エレスティアは、ぽかんとその姿を見つめてしまう。髪は撫でつけられて完璧にセットされ、隙がないほど美しい男性に仕上がっている。

「せっかく時間をかけて仕上げたのに、残念だがね」

すごい格好……とエレスティアは、ジルヴェストに地面へ降ろされながらも思う。

「大公殿、いったい何がどうなっている」

「異常事態が起こった。北の防衛魔法が停止したんだ」

ワンドルフ女大公の目が、急におちゃらけた空気を消して研ぎ澄まされる。

「北に閉じ込めていたグレートドラゴンたちが脱出し、転移魔法の装置を通過して真っすぐ王都に着弾している状態だ。間もなく北にいた全頭が残らずこちらに到着するだろう」

「そんな、どうして……」

「すまない、こちらの落ち度だ。魔力石が宮殿に隠してあるんだ。それを捜し出そうと宮殿に集まっているのだと思う」

魔力石は、魔法使いの国に存在している自然魔力の結晶だ。

（でも、それを魔獣が欲しがるというのは聞いたことがないけれど）

何か、互いの話が噛み合っていない気がする。そう思ってエレスティアが、ジルヴェストと視線を交わした時だった。

けたたましいラッパ音と共に警報が町中に響いた。

「なるほど。奴らが宮殿を目指している理由を理解した。それで、この音は？」

ジルヴェストが問うと、ワンドルフ女大公が真剣な表情になった。

「状況は実に思わしくない。この音は、王都の住民へ出した避難警報だ。宮殿が襲撃の対応に手いっぱいで対応が間に合わないと判断したんだな。魔獣の大量接近が確認されたのだろう。グレートドラゴンは仲間の魔力石を食うためにこの王都に集結するはずだ」

「待て。その魔力石は普通のものではないのか？」

「ああそうだ、我が国にいた他の種類の魔獣をすべて食らい尽くしたほどにグレートドラゴンは食欲旺盛で、それでいて強い。そんな彼らの死骸から魔力石が発見された。彼らはそれを食べると時を待たずして最大サイズのグレートドラゴンになる」

それは初めて聞く話だった。

「君の驚きもよくわかる。我が国が研究を進めて、独自に解明したものだ」

「その石、サンプルにいくつかいただけるか？　今、我が皇国でもとある国と協力し合って魔獣の研究を進めている。力になれるかもしれない」

「わかった。陛下に取り次ごう。まずは宮殿の安全確認だ。それでは向こうで会おう」

ワンドルフ女大公が馬車に乗り込む。見たことのない魔法陣が車内と御者席の両方から上がり、車輪がふわりと浮いたかと思ったら、砲弾で打ち上げられるようにして宮殿の方向へ飛んでいった。

彼女にしては、なんとも力業な移動方法だ。

「ピィちゃん！」

「ぴ！」

カッと金色の光を放ち、大きな鳳凰が翼を広げて現れる。

心獣に乗ってジルヴェストと共に大庭園の出入り口を突破すると、そこには同じくすでに騎獣しているアインスたちがいた。地面にはグレートドラゴンの死骸が転がっている。

「こちらにも来たのか」

「はっ、援護に駆けつけようとしたら、奴らの群れがそれを阻止しようと私たちに集中しました」

アインスが答えたそばから、別の騎士が顔を覗かせた。

「あの、先程ドーラン・オヴェール大隊長閣下の大魔法を感じたのですが——」

「あとで話す。どうやら最近のグレートドラゴンは知能もまあまあるようだ。ひとまず宮殿へ急ぐ、話は上空でしよう」

ジルヴェストの声に、全員が真剣な面持ちでうなずいた。

心獣を飛行させると、濃い灰色の大きなドラゴンがどんどん宮殿へと向かっていくのが見えた。

彼らは宮殿にどうにか入り込もうしているのがわかる。

飛び回るグレートドラゴンへ、宮殿から魔法武器による攻撃が放たれ、箒に乗った魔法使いたちと心獣に乗った魔法師たちが上空で攻撃して墜落させている。

「アイリーシャ様！　お兄様たち！　みんなっ！」

リックスが剣でグレートドラゴンの突進を受け止める。

それを見た瞬間、エレスティアは、チリリと瞳が熱を持った感覚がした。

「〝やめて〟！」

口を開いた瞬間、魔力が重い呪文となって空から落ち、バリバリッと彼女とピィちゃんの周りに雷が走った。

その高濃度の魔力に気づき、エレスティアの方を見てギルスタンが口元を引きつらせる。

「おいおい嘘だろ――」

ギルスタンの言葉は突然、雷鳴と共に上空を覆った落雷の爆音に遮られた。

「ギャアアアアァッ！」

グレートドラゴンの絶叫が響き渡る。

「〝絶対命令〟グレートドラゴンよ、動きを止めなさい！」

瞬間、他のグレートドラゴンたちが体をぎくんっと震わせ、停止する。

エレスティアは宮殿の周囲に飛んでいた彼らの動きをすべて止めると、その若草色の瞳に高濃度の魔力の光を帯びて魔獣たちを見据えた。

一度使った攻撃魔法の感触が体に残されている。

同じ魔力のうねりは、今度は瞬時に魔法を発動した。

「〝雷撃〟！」

エレスティアが大きく手を振り下ろした瞬間、先程と同じく強烈な落雷が何本もグレートドラゴンたちを貫いた。

急に暗くなった上空で、雷撃の魔法をまとったエレスティアの姿は、唯一の光を放って人々の目を引いていた。

心獣で同じく向かうジルヴェストが、右手を前に突き出して宮殿中に魔力をのしかからせる。

ずんっと体にきた魔法師たちが震え上がった。

「〝重力圧縮、つぶせ〟」

ジルヴェストがぐっと手を握った途端、落雷によって気絶していたグレートドラゴンが、一瞬にして圧縮され、次の瞬間に粉々にはじけ飛んだ。

「ひぃぃいっ」

それを目の当たりにした魔法使いが、体に浴びた黒い血の雨から後退する。

(魔法を、また使えてしまった)

ジルヴェストは、どう思ったのだろう。

エレスティアは雷雲が晴れて日の光が再び降り注ぎだした上空で、自分の心臓がどっどっと苦しく音を立てているのを聞いた。

自分がしでかしてしまったことによって広がった光景が、まだ目に焼きついている。

咄嗟のことだった。スイッチが入り続けているように、次々に言葉が出て魔法を発動させ、気づいた時には魔獣を落雷で叩き落していた。

（落雷の魔法なんて、聞いたことないわ）

大魔法としてなら耳にしたことはあるが、あのように何発も落とせたのかわからない。

エレスティアは自分の右手を見た。空に放った魔力を、自分の意志のまま雷として好きなところに落とせた感覚がまだ残っていて、わずかに震えた。

「私たちの出る幕がないとは……皇帝陛下、さすがです」

「いいから続け」

アインスにそっけなく答え、肩のマントをぐっと握ったジルヴェストが、気遣うように様子でエレスティアの方を見た。

目が合った彼女は、心臓がぎゅっと締めつけられた。

（どうして、あなたの方がつらそうな顔をしているの？）

今、自分も同じ表情をしているのだとは、彼の反応からも察せた。

いったん宮殿周りからグレートドラゴンの姿が消えた。

魔法使いたちは、上空の心獣たちが、そのまま宮殿の二階広間へと突入していくのをぽかんとした顔で見送る。

「これが魔法師……」

「な、なんとあっと言う間なのだ。本当に人間か？」

それを上空から眺めていたギルスタンが、口元をさらにひくつかせていた。

「……なんだか最強タッグがご帰還になったぞ。いったいどうなってるんだ？」

「わからん。あの鳥の解除状態が影響しているのかどうかは知らないが――アイリーシャ嬢たちも続け」

「はい！」

リックスに指示を受けたアイリーシャが、目を輝かせて答えた。


戸惑っている暇も、困惑している時間も惜しい。

ジルヴェストに続いて二階のバルコニーから広間に入ったエレスティアは、ピィちゃんを小鳥に戻し、中へと進んだ。

そこには国王、そして大勢の宮殿関係者が集まっていた。

「外が静かになったようだが」

「宮殿に来ていたグレートドラゴンに関しては、我々が一掃しました。話し合いの邪魔になりますから」

ジルヴェストが国王に向かいながら答え、貴族たちが「なんと」と言ってざわめく。

「さすがはエンブリアナ皇国の魔法師たちだ――苦労をかけた」

「かまいません。先程ワンドルフ女大公にいくつかは聞きましたが、どういうことかご説明いただけますか」

「北のグレートドラゴンは人里に来ないよう封印魔法をかけて氷山に封じ込めておった。魔法を組み合わせて、複雑で完璧な防衛魔法が完成し稼働していたのだが、それが停止した」

魔法は永遠ではない。

定期的に魔力を注ぎ、維持することが必要となる。

それが間に合わなかった場合、または魔法器具のどこからか漏れがあった場合には『停止』する。

「数は」

「おおよそ一万――増えておらなければな」

国王が悩ましいといった様子でため息をつく。

「なぜ討伐せずに防衛魔法を？」

「増やさないためだ。北で、なぜかグレートドラゴンがどんどん増えた。その現象の鍵になったのが、北以外の地域で討伐したグレートドラゴンから回収された魔力石だ。北のグレートドラゴンがそれを食って戻ると、なぜか二頭に増えて戻ってくるのだ」

エレスティアは驚く声を止めた。

（それって、謎とされている魔獣の生態情報になるわよね？）

そもそも魔獣は〝卵だって確認されていない〟のだ。彼らの姿形も性質もまるで違うことからして、種類ごとに増える方法も違っていると推測されている。

「北限定――それは面白い話ですね。何があるのかわかっているのですか？」

じっくり考えていたジルヴェストが、国王に尋ねた。

「ただの氷の山だ。あそこは季節に関係なく常に猛吹雪が起こり、氷に覆われている」

すると、臣下から切羽詰まったような声が上がった。

「そんなこと話している時間はありません！　先に来たグレートドラゴンはいくつかある群れのほんの初陣だっ」

「ここに約一万のグレートドラゴンがほぼ同時刻に到達するのは予測されています！」

「各町で人々が食われなかったのは幸いですが、宮殿を落とされ、魔力石を食われたら奴らは巨大化し、次には人々が死に絶えるまで食い荒らし続けます」

あまりの恐ろしい話で、何人かの夫人たちが目眩《めまい》を起こして倒れる。それを男性たちが受け止めていた。

「これは異常事態です！　王、今すぐかき集められるだけの軍を終結させませんと！」

「ちょうどいいタイミングでエンブリアナ皇国の者がいます！　今すぐ応援要請を！」

「しかし一万となると――」

そう、ざわめきが上がりだした時だった。

「皆様！　皇妃様に任せればすべて安心ですぞ！」

どこからか「は」と殺気立ったつぶやきが上がるが、それは期待にざわめいた人々の声に埋もれ、幸いにしてジルヴェストたちの耳には届かなかった。

（――あっ、逃げ出した人だわ）

そこを見てエレスティアは驚く。昨日のパーティーで覚えがある男性だ。

すると、まさかと思っている間にも彼は『嘘はつきません』と右手を胸にあて国王へ宣誓の礼をとったのち、役者みたいな声を響かせた。

「エンブリアナ皇国の皇妃様は、我々にあんなにも博識であると堂々と見せつけました！　そうして今回、実力も見せつけたのです！　彼女こそが我々のこの危機を救ってくださるでしょう！　そのためにここに駆けつけたのだと私は皇妃様の勇敢さに尊敬の念を抱いています」

場がざわつく。

「野郎……！」

アインスが目論みを察して飛びかかろうとしたが、リックスとギルスタンが押さえた。

国王が目を見張る。

「それは誠か？」

「はい！　わたくし、この目で見ました！　ええ、はっきりと！　アヴィベーラ花園で皇妃様がすごい力でグレートドラゴンを五体同時に一瞬で消し去られてしまったのを見たのです！　先程までいた宮殿のグレートドラゴンも皇妃様がいらしたからこそ！」

すると彼は周囲の者たちを見回し、決定的な誘導の言葉を響かせた。

「グレートドラゴンは、最強のエンブリアナ皇国、その皇妃様が押し帰してくださるだろう！　我々は安心して任せようではないか！」

「それはすごい！」

「エンブリアナ皇国の皇妃様にそのような力があったとはっ！」

皇妃、皇妃と期待の大声援が巻き起こる。

このシェレスタ王国の貴族にそう認知されてしまった。期待に応えられなかった場合、またはエレスティアが失敗してしまった場合には、彼女の評価が地に落ちるのはもちろんだが、ジルヴェストやエンブリアナ皇国にも悪い影響を及ぼすかもしれない。

その場には「皇妃に任せよう！」「救世主！」とエレスティアを盛り立てる声が飛び交う。

「なんて奴らなのっ」

後ろでアイリーシャが令嬢らしからぬ罵倒を吐き捨てている声を聞いた。

エレスティアは怒りを通り越して、貴族たちが一人の人間を英雄に押し上げ、自分たちの身代わりにさせようとする姿に悲しくなった。

貴族の位を与えられている魔法使いは、国民を守る責務を背負っている魔法使いだ。

それが果たせなかったらと考え、責任をなすりつけようとこの騒ぎに便乗している者もいて、一気に場の空気が変わった。

「お前たちは、バカか！」

玉座の近くにいたのか、ワンドルフ女大公の激昂《げっこう》したような声が上がる。

ガンッと彼女の大剣が床を突き刺す音に、ビクッとして民衆が声を静めた。

「一人の女性にすべて押しつけようなどと、恥を知れ！」

「騎士大公様、どうぞお許しください、何卒……」

領主でもあるワンドルフ女大公は、どうやら大剣使いの魔法騎士のようだ。誰もが怯えたように謝罪の一礼をする。

（いつかは——選ばなければならない）

エレスティアは古代王ゾルジアとの会話を思い返していた。

持って生まれた魔力から逃げることはできない。

もし、今の状態がそれを証明しているとしたらどうだろう。皇妃となる道を選んだ時から、いつかはこうして試される日がくるとわかっていたはずだ。

愛する人と一緒に生きることを決め、皇妃になることを選んだのはエレスティアなのだ。

そして一回目の人生と違い、今のエレスティアには、この状況に抗《あらが》える力を持っている。

できるのか、できずに命を危険にさらしてしまうのかわからないが――前世で何もできず、怒りと恨みを抱え後悔しながら死んだ、か弱いだけの姫とは違う。

「わかりました」

「エレスティア様⁉」

アイリーシャたちが名前を呼ぶが、エレスティアは真っすぐ顔を上げて、落ち着き払って堂々と玉座と人々を見据えていた。

ジルヴェストがハッとして視線を向けてくる。

アインスを後ろから押さえ込んでいるリックスとギルスタンも、絶望したように目を見開くのが見えた。

（ここで言い争っている時間は、ない）

転移魔法の装置をグレートドラゴンが使用しているということは、各地の魔法騎士団の援軍は絶望的だ。そうこうしている間にも彼らはぐんぐん迫っている。

落ち着いたエレスティアの目を見て、発言者の男が委縮して人々の間に隠れる。

エレスティアは彼に関心を向けず、人々に背を向けた。

「ピィちゃん、魔力を開放」

「ぴ！」

バルコニーの方へ体を向け、エレスティアは歩きだす。

ピィちゃんが『任せて！』と言わんばかりに先にバルコニーへと飛んでいき、そこで金色の魔力の光をまとって鳳凰化した。

（どうしても、こうなってしまう運命なのかしら――）

使わない、という選択肢は与えられない。

今となっては、あの時に古代王ゾルジアが語っていた話の一つは、そういう内容だったのではないかとエレスティアには思われた。

（ジルヴェスト様は――古代王ゾルジアのこと、お許しにならないかしら）

これからしようとしていること。

それに毅然とした態度で向き合い、覚悟を決めたエレスティアだったが、ただ一つ、後ろ髪を引かれたのはジルヴェストのことだ。

だから、エレスティアは彼を見ることはできなかった。

（私に、できるかしら）

今こうしてエレスティアが前に出れば、皇国の名を、夫である皇帝のジルヴェストに迷惑をかけずに済む。

失敗してエレスティアが死んでしまっても、彼がいればきっと大丈夫だという安心感はあった。

それが、唯一彼女の心を落ち着かせたままでいさせてくれている。

【あなた様が望みさえすれば】

ピィちゃんが答える。

できると、そう望めば叶うのか。

エレスティアは涙が出そうになった目に強がって笑みを浮かべた。

これから愛する人を振りきらなければならないのが、つらい。でも、やらなければ。彼女は心の中でピィちゃんにお礼を言いながら、走り出し、その背に飛び乗った。

「エレスティア！」

愛しい人の声を振りきり、エレスティアはピィちゃんと共に空へと舞い上がる。

慌ててジルヴェストたちが「待てっ」と言い、心獣であとに続く。宮殿の広間にいた人々がバルコニーや窓に走り寄った。

【主、飛行してくる影を感知。その数、一万千百二】

宮殿から斜め上へと真っすぐ飛び、建物の先頭よりも高い位置で停止する。

そこから、ピィちゃんの視線の先を見て、エレスティアの唇から「ああ」と声が漏れた。

そこにあったのは、いつかの国境で見た黒い大群だ。

青い空を覆う魔獣たちはその動きにまとまりがなく、烏合の衆と化していた。狂暴な鳴き声と、羽ばたく不穏な音を轟《とどろ》かせて次々に向かってくる。

（ここにいる魔法師の数で、あの数はきつすぎるかもしれない）

エレスティアは異国の生ぬるい夏の風を正面から受けながら、グレートドラゴンの凶悪な威嚇《いかく》音を聞く。

けれど、とエレスティアは静かに思案する。

（もしさっきの落雷以上の、最大の攻撃魔法というものが存在するのなら、あるいは――）

覚悟が決まれば、怖いものはなくなるらしい。

エレスティアは、こんなにも落ち着いていられる自分が不思議だったが、不意にふっと苦笑を漏らした。

〝姫〟だった時はそうだった。

(今が幸せすぎて忘れていたわ)

あの時、自分はいつだって覚悟を持って、姫としてあり続けた。

『私を呼ぶことを遠慮しないでいい』

古代王ゾルジアの言葉が耳元によみがえる。

召喚魔法の方法なんて、エレスティアにはわからない。

でも、呼んでみようと腹を据えた瞬間、エレスティアは不思議なことに自分の〝声〟なら、彼に届く気がした。

「ここへ――来て」

一度それが成功してしまったら、もう、後戻りはできない。

だが心はすでに決まった。

(どうしても力を使わなければならない定めなら、受け入れる。私は、守られるだけではない皇妃になる。そうしてこれから学んでいくの)

エレスティアは、最大の攻撃については〝彼〟に任せる。

そして、この魔力と正面から向き合って〝彼〟に教えを乞おう。

「〝召喚――古代王ゾルジア〟」

そう、小さく口にした瞬間に、上空はエレスティアだけではなくなった。

柔らかな風を感じてゆっくりと瞬きをした時には、すぐそこに、自分を優しく見つめている古代王ゾルジアがいた。

「よくぞ言ったエレスティア、君の心の声も私の耳によく届いた」

空中に浮かんだ彼は、エレスティアとまったく同じ色をした髪を揺らしながら、胸に手をあてて優しい顔で彼女を覗き込む。

「君の願い、引き受けた。君は破壊と殲滅をしないことを選んだ。それなら、君が恐れるその力の役割については、私が引き受けよう」

「ごめん、なさい」

「何を謝る？」

ふふっと彼が笑う。

「覚悟を決めたのに、私、自分の願いのせいであなたを現代に」

「優しい子だ。気にしないでいいと私は言った。確かに私は生きることに飽きてしまっていたが、そろそろこの世界に戻ろうと思う」

彼が右手を覗き込む。

すると、そこに金色の光が起こり、髪留め用のカフスが現れた。

追いついたジルヴェストたちが二人を見て目を見開く。

「ああ、久しぶりに手にしたな。そうか、誰かが大事に残してくれていたのか」

小さく微笑んだ古代王ゾルジアの手から、髪留め用のカフスがふわりと浮いて、長い髪をゆったりとまとめた。

（あっ、もしかしてファウグスト王国にある彼の唯一の遺品……？）

古代王ゾルジアの出身地であるファウグスト王国には、彼の墓と呼ばれている遺跡が存在している。彼の遺体は確認されておらず、そこで彼にまつわる髪留めなどだけが墓に収納されているとは聞いた。

（なくなっていると知ったら、エルヴィオ様たちが大騒ぎされるのではないかしら）

そもそも、もう古代王ゾルジアの存在は隠せないだろう。

「心獣と同じく、今日から私は君と共にある」

「え？　ピィちゃんと同じ……？」

「優しき心でその魔力に悩む君のそばに、いよう。君が見る世界は、私が見る世界。私は君のそばでもう一度この世界を生きよう、共に」

安らかに眠っていたところを起こしてしまった。巻き込んでしまった。

そんなエレスティアの心は、彼の穏やかな微笑みに解かされていく。

それを、彼自身が望んでいるのがわかったから。

（ああ、だから『気にしないで』と何度も――）

「私は君の最大の攻撃魔法だ。望むままに問題を消し去ろう」

望みは、一つだ。

エレスティアは、彼に促され、口を開く。

「グレートドラゴンの殲滅を」

「承知した」

古代王ゾルジアがエレスティアに背を向け、グレートドラゴンの大群へと向き合った。

彼が両手を掲げると、ずんっと魔力が大地に降りかかる。

心獣で浮いていたジルヴェストたちが「ぐっ」と声を漏らした。宮殿側から何事だとさらに大勢の人々が見ているのをエレスティアは感じた。

「さあ始めよう、まずは〝絶対命令――魔獣よ動くな〟」

グレートドラゴンたちの進行が急停止する。

大地が揺れる振動音が耳を打った。それは人々の動きさえも止めるほどの膨大な魔力だ。

（これが、本物の大魔法『絶対命令』）

エレスティアは息をのむ。

続いて古代王ゾルジアは、何かを練るかのように優美に手を動かした。

「まずは〝封じ〟」

キィンッと耳へ甲高い音が走り、黒い羽虫に見えるほどの大群となっているグレートドラゴンが、水色の光を帯びた壁に閉じ込められた。

それは、空一面に広がる巨大な結界にも見えた。

あんなに簡単な言葉一つでその大魔法を行ってしまったこと、エレスティアはますます緊張し、声まで出なくなる。

「町は――破壊してはいけないのだったな。それでは大地から串刺しにしよう。うむ、数は一万千百二か」

それなら、と古代王ゾルジアが指揮者のように右手を掲げる。

「〝百倍の、百十一万二百の刃〟」

瞬間、地上の風景の上に高濃度の金色の魔力の輪が広がっていった。

そこから美しい光景とは裏腹に、容赦のない数の光の刃が、頭上のグレートドラゴンたちを串刺しにし始めた。

「ギャアアアアァアアッ！」

断末魔の叫びが止まることなく空から大地へと響いてくる。

こんなにも冷酷な方法は知らない。

エレスティアは彼が力で王を決める時代の大魔法使いであり、そして国々が一つの大きな大国だった時に統治していた〝絶対の王〟なのだと痛感した。

グレートドラゴンの硬い表皮が破られる音は、連続する爆発音にも聞こえた。

それを眺めている古代王ゾルジアの表情は宣教者のような穏やかさだ。

彼の背中からは落ち着きしか感じなかったが、その魔力は狂暴そのものだ。

ジルヴェストの後ろでアイリーシャが「うっ」と口を押さえ、騎士たちも残酷だと震え上がって似たような反応をしている。

「地上に血と肉が落ちてしまうな。それでは〝焼却〟だ」

古代王ゾルジアが、右手を左へと差し向け、それをすうっと横に払った。

次の瞬間、宮殿の北の空は爆音を上げて巨大な炎の海と化した。

ずいぶん派手な魔法だった。

それを眺めている古代王ゾルジアの若草色の瞳は美しいガラス玉にも見えたが、そこにエレスティアは偉大な王の冷酷さを見て取った。

（ああ、本当に……この召喚が、私にとっての『最大の攻撃魔法』なのね）

彼と同じ自分の魔力は、あのように使えるのだともわかった。

けれど、エレスティアにはとてもではないが実行なんてできないとも感じた。

「……お、おぉ、なんとすさまじい大魔法なのだ」

「本当にやってのけてしまったぞ」

「君、皇妃に全力で謝った方がいいのではないかな？　あれはすさまじい拷問魔法にもなりうるぞ」

皇妃に恥をかかせようとした男が、宮殿のバルコニーで一人腰を抜かしていた。

「ひ、ひぃぃぃっ」

そんな彼を無視し、宮殿だけでなく町からも大歓声が上がった。


覚醒したエレスティアの攻撃魔法によって、グレートドラゴンの問題は解決した。

国内の損害を一つも出さずに一万以上のグレートドラゴンを討伐した。

そのうえジルヴェストはエレスティアの攻撃魔法に続き、彼女に宮殿警護を任せ、アインスたち全員を連れ北の防衛魔法へ飛んだ。

転移魔法の装置を越えながら、ジルヴェストの精鋭部隊はグレートドラゴンを次々に殲滅。

そうして全属性の魔法が使える彼の皇族としての家系魔法である『指示魔法』により、担当の魔法使いたちはあっという間に北の防衛魔法を修復した。しかもジルヴェストにより最大の威力を引き出された結果、以前よりも強固に封印された。

シェレスタ王国の国王は、国の危機を救ってくれたとして、国をあげて感謝を表明したいと申し出た。それに対してエンブリアナ皇国の皇帝であるジルヴェストは今回、それを隠さずに受け入れると示した。

それにはエレスティアも驚いた。

（国境のことも、砂漠のことも伏せていたのに……？）

どういう心境の変化があったのか気になった。

だが、謝恩会から先に移動した彼女は、ジルヴェストにすぐ聞くことができず、気になってそわそわと第二離宮のサロンを行ったり来たりしている。

「や、やっぱり古代王ゾルジアと一緒にいることで彼を困らせているのかしら」

「落ち着くがいい。このケーキ、なかなかに美味だ」

「ぴっ！」

壁に寄りかかった古代王ゾルジアが、フォークに刺さったケーキを見せる。ピィちゃんが座り込んでいるテーブルの上で、ケーキの欠片《かけら》を両方の翼で持ち上げて主張した。

「カオスですね」

アインスの言葉に、ギルスタンが自分もケーキを食べながら言う。

「そうだな、古代王ゾルジアが普通にケーキを食べているのもびっくりだけど、もう驚きを通り越して慣れてしまった気がする……」

「エレスティア様がかわいそうになってきましたわ……いえ、心強くはありますけれど」

アイリーシャは「どれだけ食べるの」と、ピィちゃんと同じくらい食べている古代王ゾルジアを観察している。

第二離宮で一度待機となったエンブリアナ皇国民は、騒ぎから解放されようやく一休みできた。

騎士たちも、この広いサロンにいくつも置かれているテーブル席に自由に腰かけて、休憩している。

さすがにグレートドラゴンの飛来は想定外であり、疲れたのだろう。

魔法を使い終えたのに、古代王ゾルジアが消えない驚きもあって思考まで疲弊している感じでもある。

エレスティアが召喚で呼び出せるのだが、古代王ゾルジア自らも好きな時に現れることができるようだ。それを本人がさくっと説明したのだが、その仕組みについてはエレスティアもよくわからない。

ただ、古代王ゾルジアの召喚が自分にとって最大の攻撃魔法であることは実感した。

それでいて自分もまた、彼と同じように攻撃魔法は使えるのだ、と。

「うぅっ、頭が痛いわ……うっかり攻撃魔法を放ってしまったらどうしましょうっ」

「私がいるから大丈夫だ。それに正しい使い方も教えよう」

その時、サロンの入り口から上がった声に、待っていた全員が目を向ける。

「それは本当か？」

そこにはリックスを連れたジルヴェストがいた。

エレスティアは、古代王ゾルジアをそばに置くことで困らせてしまうだろうかと悩み続けていたから、彼の姿を見てどきりとした。

ジルヴェストは大股で古代王ゾルジアの前まで来た。

お互いに向き合う姿を前に、エレスティアは緊張する。

「あなたがいれば、エレスティアが使う攻撃魔法もどうにかなると？」

「なる。彼女は――そうだな、現代に生まれたもう一人の私であると考えればいい。魔力が同じで、その使い方は魔法師と呼ばれているものとは少々異なる。それでいて今の私は心獣と近い存在だ、召喚した主のバロメーターを確認することができて、調整に介入できる。彼女が望まない魔法の使い方はさせない。もしもの時のために、使い方についても教えよう」

話す古代王ゾルジアの手、そこで左右に振られて動いているケーキにアインスたちは視線を引っ張られていた。

その構図を見ると、皇帝との対面なのになんとも緊張感が欠ける。

とはいえ気を抜いているのはエレスティアを除く者たちだけだ。

「それでも異存があるのなら話し合うつもりだ」

エレスティアは心配に思ったのだが、古代王ゾルジアにそう告げられた次の瞬間、ジルヴェストが胸に手を添え、頭を軽く下げて驚いた。

「異存などない。多大なるご厚情には感謝申し上げる。ピィちゃんが抑えきれない部分を、あなたが支えてくださるのがわかって改めて安心した」

「え、え？　安心？」

戸惑い立ち上がると、ジルヴェストの顔がこちらへ向く。

「よかったなエレスティア。俺やアインスたちだけでは足りない分を彼が補助して、君を導いてくれる。これで君の不安はなくなる」

こちらに向けられた優しい顔に、心からそう思っているのがわかって胸が熱くなった。

「……ジルヴェスト様は、いいのですか？」

「偉大な古代王が同じ場にいることか？　かまわない」

あっさりと言われて、拍子抜けする。

「魔法師が君の指導を半ばしかできないというなら、同じ魔力を持つという古代王ゾルジアは適任だろう。何より、君が自分を守れる最強のカードになる」

「あ……だから公表を……？」

「ああ。だから隠さないでいることを決めた、君の名誉のためにも」

ジルヴェストが歩み寄り、エレスティアの両手を優しくすくい上げた。

「俺は君の心も守りたい。君を世界で一番幸せな妻にしたいんだ」

エレスティアは目頭が熱くなった。

「古代王ゾルジアが内側からエレスティアを守ってくれるというのなら、俺は安心して、それを含めて君のすべてを守ろう」

アインスが感銘を受けたように胸に手をあて、女性たちだけで円卓を囲っているアイリーシャたちも目尻を拭う。

リックスとギルスタンは、兄弟の呼吸で笑みを意味深に交わし合った。

護衛たちも、いい瞬間に立ち会えたと感動して笑顔で涙ぐんでいる。

「ふっ――よき心がけである」

古代王ゾルジアが言った。

「王は、いつまでいらっしゃいますか？」

「あの男に少々釘を刺す予定ではいる」

ジルヴェストが「あの男……」と回答を繰り返す。彼だけでなく、エレスティアたちも誰かはすぐピンときた。

「……王が、直接？」

ギルスタンが想像して「うわー」と同情の声を上げる。

「ドーラン・オヴェール閣下よりも厄介な親枠ができたのではありませんかね？」

「やはりよく似ていらっしゃるので、親近感が湧いて妹のように見ているのでは」

アインスに、アイリーシャがひそっと返す。

ジルヴェストがおかしそうに笑いをこぼした。

「またパーティーを開くそうです。強制的に呼んでくださるそうで、俺もその時に〝妻にされたぶんをお返ししよう〟かと計画しています。一緒にどうです？」

「そちらでする方が面白そうだ。私も付き合おう」

護衛騎士たちが背筋を震え上がらせた。

古代王ゾルジアが歩きだす。だが、テーブルを超える前に、ピィちゃんが彼の腕にひしっとしがみついていた。

「なんだ、小鳥。しばらく私といたいのか」

「ぴっ、ぴっぴ」

エレスティアは「あっ」と言って、それから小さく笑った。

「たぶん、一緒に見て回りたいのだと思います」

「ここは素晴らしい近代国家です。違う国の一つ目を、我々と見て回るのもよいかと」

ジルヴェストの言葉に、古代王ゾルジアが首をかしげる。

「貴殿は、私が出っぱなしで不都合はないのか」

「もちろんありません。城ではどう説明したものかとまだ迷っているところですが、それについてはあとで考えます。今は、せっかくの外国旅行ですから」

「それもそうだな」

実のところ興味があったようで、古代王ゾルジアがピィちゃんと共にふわりと飛んで窓から出ていく。

彼らが庭に降り立った際、ジルヴェストの黄金色の心獣もふんふんと鼻を鳴らしながら合流したのが見えた。

（仲よくなれそうで、よかったわ）

心獣に近い存在というから、大丈夫なのだろうか。エレスティアは他の心獣たちも威嚇や噛みつく様子がないのを眺めた。

「これで、心配事はすべてなくなったな」

手を取られ、視線を戻されてエレスティアはきょとんとする。

どうしてかジルヴェストは、とろけそうな優しい微笑みを浮かべていた。

「なんだか嬉しそうですね……？」

「これで、初夜も叶う」

「――あ」

そうだった、彼は未知の魔力を心配して、時を待っていてくれたのだ。

「帰国したら、いつ行うか考えても？　二人のあの婚礼の夜、それをどこかでやり直すチャンスをくれると嬉しい。特別な日になれるよう、日取りも大切に考えるから」

「は、はい、嬉しいです」

新婚旅行が終わったら、早速考えてくれるという言葉にも胸が喜びではじけそうになる。

彼が、特別な日になれるよう初夜のやり直しを考えてくれる。その気持ちも嬉しかった。

訪れるその日への緊張は、今は感じていない。

エレスティアの胸に溢れたのは、ただただ歓喜だ。

これから予定通りに新婚旅行を楽しむ。けれど、帰国ももっと楽しみになったのだった。

エピローグ　新婚旅行の終わりには二度目の……

それからエレスティアとジルヴェストは、宮殿の第二離宮に滞在させてもらいながら毎日のようにシェレスタ王国内の観光地を巡った。

国王をはじめ、国をよく知る者たちに直接話を聞けたおかげで、次に行きたいところのネタが尽きることはなかった。就寝前に次に巡る場所を二人で選ぶ楽しみまであった。

とても素晴らしい新婚旅行だった。

パーティーやお祭りも本当に多い国で、どこへ行っても毎日が何かの祝い事みたいだ。

それもまたエレスティアを非日常の世界感で包み込み、彼女は結婚前の少女に戻った気分で楽しんでしまった。

心獣なら、最速でどこへでも飛んでいける。

エレスティアたちは第二離宮に滞在しながら、シェレスタ王国の隅々まで巡った。

各地の人々が、次は自分たちの土地にとエンブリアナ皇国から来訪している皇帝と、とくに皇妃を大歓迎したことも、エレスティアたちが王国の隅々まで足を運んだ理由である。

毎日のように宮殿へ魔法で手紙が送られた。

「えー……実はあちらからもお誘いがあっての」

シェレスタ王国国王も、今日はどの観光地を〝おすすめ〟にしようか厳選には困ったことだろう。

そこはワンドルフ女大公が加勢に入って調整してくれたみたいだ。

先日のグレートドラゴンの一件で、エレスティアはこの国の人々にとても感謝されてしまった。大勢の者が『エンブリアナ皇国皇妃の黄金色の鳳凰』を見た。そうして、圧倒的な討伐の一部始終が王都以外からも広く目撃されていた。

ジルヴェストは魔法の詳細は伏せつつも、エレスティアが行ったことだと国王と共に正式発表し、一気にエレスティアへの関心が高まった。

おかげでシェレスタ王国の貴族たちや有権者たちからも皇帝の妻として一目置かれ、ホッとした。

とはいえ、元引きこもりとしてはその注目にかえって恐縮するに至った。

あれだけすごいことをしたのに、誇張しない魔法使いも珍しい。

シェレスタ王国の国民たちは、皆に親近感を抱かせるエレスティアの気質を愛した。

宮殿の騎士たちも『すっかりあなた様が好きになってしまいました』と言って、アインスとアイリーシャがどこか誇らしげだった。護衛部隊も自慢げで、リックスとギルスタンも自分たちのことのように嬉しそうだった。

とくに、今回の一件で魔力や魔法の不安が解消されたのが大きいだろう。

案じてくれた兄たちを前に、エレスティアも嬉しくなったのだった。

たっぷり二週間を過ごしたのち、気づけば予定されていた滞在最終日を迎えていた。思い出に残る素敵な新婚旅行となった。

王都を出立するのは今日の夕刻だ。

出発式を兼ねて、グレートドラゴンの件を心から感謝し、またパーティーを開きたいという決定の知らせが数日前には入っていた。

「またパーティーなのですね……」

派手に飾りつけまでされた招待状を受け取ったエレスティアは、朝からそれを眺めて苦笑する。

「まぁそうだが、好意であるのなら受け取っておこう。それがこの国のやり方なのだろう」

「最終日は自由に過ごせそうにないな。王とは、なんとも忙しいものよ」

「ぴっ」

朝食後のテーブルについた古代王ゾルジアに、後ろでジルヴェストの心獣の頭のポジションを陣取っているピィちゃんが、何やら胸を張って答える。

「いや、お前何もわかっていませんでしょうに」

アインスが鋭くツッコミを入れていた。紅茶の追加をお願いしていたアイリーシャが、言う。

「というかわたくしたち、偉大な王がいることに慣れてしまった感がありますわね……」

「心獣のようにふわりと現れますが」

「あー、それでいてピィちゃんと同じくらい食べるので、頭が少しこんがらがりそうではありますわ」

「おや、あなたの理想の殿方は甘いものを食べないタイプですか」

「わたくしの一族の男子は、あまり食べませんわね」

その会話にエレスティアはなんだかどきどきしてしまった。

しかしそのすぐあとには、専属の護衛騎士のようにでしゃばるなとアインスが言い放ち、またアイリーシャとの言い合いが始まってしまっていた。

それを古代王ゾルジアは、紅茶を飲みながらのんびり眺めている。

「ジルヴェスト様、何か言って差し上げては……」

「俺はアイリーシャ嬢のようなタイプが、苦手だ」

ズバリと言った。そういえばずっと、彼はアイリーシャと目を合わせていないなと気づく。

『エレスティアはアイリーシャのことばかりだな。少し嫉妬するな……彼女がいなかったら、俺がエレスティアの紅茶をついであげたかったのに』

心獣から聞こえてきた声に、あら、と思ってエレスティアは口に手を添える。

紅茶を飲みながら古代王ゾルジアが横目に見てくる。

（ん？　もしかして王、私が聞いているものと同じ声が聞こえていたり……？）

いや、まさかそれはないだろうとエレスティアは思い直した。

古代王ゾルジアを見た途端、ちらっと気にしてこちらを一瞬見てきたジルヴェストが、かわいすぎた。胸がきゅんっとなる。

「あとで二人きり、ゆっくりいたしましょう。時間がありますしジルヴェスト様と庭園を歩きたいですわ」

「光栄だ。というわけで、パーティーの身支度までしばし俺たちは抜ける。荷造りの進行は任せたぞ」

アイリーシャとアインスが、それぞれ「かしこまりました」と引き受ける。

『二人でしばし抜け出すなんて、まさに夫婦の新婚旅行らしいではないか！　しかもエレスティアから誘ってくれて大変嬉しい』

かなり落ち着いた表情だが、ジルヴェストの心の声は今日も絶賛ダダ漏れだ。

『甘えてくるようになった彼女の愛らしさときたら、この腕にずっと閉じ込めて愛で続けたいくらい愛おしい！　好きだ、むしろ、もっと甘えられたいぞ。――あ、そうだ、庭園を歩くとしたら』

ふっとジルヴェストが視線を上げる。

その時、タイミングよく心の声が途切れた。彼の心獣が風に誘われたように窓から音もなく出ていく。

するとリックスとギルスタンがノックし、入室してきた。

「お、今日も仲よくしてるな～。ほんと、まるで双子みたいだ」

「ギルスタンお兄様……」

「ああ、そのせいで警戒心が出てこないのか？　いても違和感がない」

「リックスお兄様まで」

「それと、予定の時間より少し早めに来て欲しいと時間変更の知らせがきていた。ワンドルフ女大公が衣装を提供したいそうだ」

わざわざ、とエレスティアはびっくりしてしまった。

リックスは「毎日浮かれているような国から早く出たい」なんて、ぼやきもこぼしていった。


そうして、予定の時間がきた。

出発まで数時間を切ったところでまたパーティーか。

そう思いながら案内された部屋に入ったエレスティアは、用意されていた衣装を見て、ジルヴェストと「えっ」と顔を見合わせてしまった。

「……あの、本当にこれでいいのでしょうか？　えぇと、これって特別な日だけに着る色では」

「……この国も、一生に一度のものだという点では我が皇国と同じ常識だったはずだが」

二人揃ってその衣装をまじまじと見る。

みんな、会場でこれを見たら驚くことだろう。

けれどそう思い浮かべた途端、エレスティアは申し訳ないことに楽しくなってしまった。顔を合わせた、ジルヴェストと破顔する。

「君も同じ気持ちだったかな」

「ふふ、そうかもしれません。皆様を驚かせるのはいいかなと思いまして」

「なんとも粋な計らいだ。俺は戸惑いよりも嬉しさが勝ったな――君は？」

「私もです、嬉しいです。ワンドルフ女大公と陛下たちに、あとで心からお礼を伝えないと」

初めてその衣装を見た時は戸惑ったが、今は嬉しさで胸がはち切れそうだ。

「出発式を兼ねたパーティーが楽しみになりました」

「俺もだ」

宮殿の侍女たちがにこにこして「それではそれぞれ身支度部屋へお願いいたします」と言った。

間もなく、身支度を整えて二人は会場に入った。

扉が左右から開けられた途端、大勢の貴族たちが大注目して大きな拍手で出迎える。

その会場は、まさに祝い事にふさわしい飾りが施され、彩りに溢れていた。

人々の拍手の中、玉座へと向かって赤い絨毯を進むジルヴェストとエレスティアは――純白の美しいウエディングドレスと婚礼用の正装だ。

アインスたちが、あんぐりと口を開けていた。

「いやいやいやっ、結婚式は終えているのに、結婚式っぽいってどういうこと⁉」

ギルスタンが一際大きな声でツッコミを入れ、護衛部隊の者たちも同じく驚きの声を揃えていた。

お祝いムード一色の会場が、ドッと笑い声に溢れた。

「サプライズ大成功！」

「喜んでくださって嬉しいです！」

「いえ、わたくしたちは戸惑っているのですわ……さ、さすがはワンドルフ女大公様とその国の方々……」

アイリーシャも絶賛困惑中だが、アインスだけがどこか嬉しそうな表情を間もなく浮かべ、人々と同じく拍手を贈っていた。

まさにこれは、あの時の〝お互い〟の婚姻式の、やり直しだ。

どうしてワンドルフ女大公がこれをサプライズに提案したのかはわからないが、彼女はなんでも知っているワンドルフ女大公様なので、もしかしたら事実を把握している可能性もある。

何はともあれ、とにかくエレスティアは嬉しくってたまらない。

ジルヴェストも、今はただただ感謝しかないと、嬉しそうな笑顔が炸裂している。

あの日、結婚相手として顔を合わせた時、エレスティアはヴェールをかぶっていて彼から顔が見えなかった。

ジルヴェストもまた顔など興味がなく、彼女を見ている時間もほとんど少なかった。

それを、もう一度やり直すチャンスを与えられた。

そう感じて、用意されていた婚礼用の衣装を見た時は嬉しかった。

貴族たちは二度目の結婚式というテーマに首をかしげながらも、まぁいいかと受け入れていた。

「ワンドルフ女大公様がおっしゃる通り、結婚式の方が祝いっぽいしな！」

「一番いい祝い酒を開封する理由にもなる」

なんともシェレスタ王国民らしい。

「さすがはワンドルフ女大公様とその夫だ」

「この会場のセッティングは、彼が魔法で仕上げてしまったらしいぞ」

「魔法演出の連続優勝者は違いますな！　なんとも素晴らしい」

その意外さは、エレスティアもワンドルフ女大公の『ハーレム』に改めて足を運んだ際に、知った。

男装の麗人たちは、ワンドルフ女大公の夫であるジークバルドについて、『劇の舞台装飾を任せるなら彼しかいない』『国内第一位の売上を誇るブライド服のオーナー』だと尊敬を込めて教えてくれたものだ。

(彼とは一度しかお話ができなかったけれど、あとで彼にも感謝を伝えよう)

エレスティアにとって一度目の結婚式は、恐怖と緊張しかなかった。

でも今は心からの愛で、この瞬間の幸福を味わうことができる。

玉座に進むと、そこには戸惑い気味に司祭が立っていた。

「えー……そういう演出であると大公閣下からは聞いております。ですので簡略的に進めさせていただきます」

玉座に腰かけた国王一家、その近くからワンドルフ女大公がにこにこして見つめていた。

結婚式のような進行で司祭が祝福を述べた。

この国では、甘い香りがする小さな花束を一家族が一つ、魔法で投げるのが結婚式の習慣のようだ。

司祭が祝いの言葉を締めると、大歓声と共に貴族たちが魔法で花束を浮かせた。

それと同時に、花束を浮遊魔法で宙に上げている者たち以外の全員が、魔法の杖で大小様々な柔らかい光の球をつくって会場内を幻想的に照らし出す。

大勢の者たちが見守る中、エレスティアはジルヴェストと向かい合う。

「エレスティア、心から愛している。俺の妻になってくれて、ありがとう」

「私の台詞です。ジルヴェスト様、私と結婚してくださってありがとうございます。心からお慕い申し上げております」

互いが幸福そうな笑みをこぼし、双方から顔を寄せて唇を重ねた。

周りから大喝采が巻き起こる。

ギルスタンがはなをすすって風魔法で花弁を舞わせた。リックスが人さし指をそっと目尻にあて、感動に浮かんだ涙を静かに拭う。

「ぴっ、ぴぴぃ！」

大きなシャンデリアに腰かけていた古代王ゾルジアが、愛おしげな表情で同じく拍手を送っていた。

その肩には、エレスティアの感情を受け取って、喜びのあまり翼をふりふりしているピィちゃんの姿もある。

「さあ祝いだ！」

「なぁ、そもそもなんで結婚式をテーマにしたのか、理由を聞いている奴はいるか？」

「わからん。だが、皇帝と皇妃が満足ならそれでよいっ」

「そうそう！　今後とも仲よくしてくれるよう、我々もせいいっぱいもてなして祝うぞ！」

飲み食いだと騒ぐ貴族たちに巻き込まれ、アインスたちもしまいには共に祝うべく出席者に加わった。

エレスティアは、ジルヴェストと手をつないでそのパーティーを楽しんだ。心から笑って、喜んで、二人の笑顔が絶えることはなかった。

ワンドルフ女大公からの、予期せぬ二度目の結婚式のサプライズ。

「いつかワンドルフ女大公様には、恩返しをしましょう」

「いいな。向こうの夫婦も揃って喜んでくれる何かを考えよう」

嫉妬でツンケンしていた表情も、その日のジルヴェストには見られなかった。

そんな明るい未来への会話も交えながら、エレスティアは最高の新婚旅行最終日を過ごしたのだった。

三巻完

あとがき

百門一新です。このたびは多く作品の中から、「引きこもり令嬢は皇妃になんてなりたくない！～強面皇帝の溺愛が駄々漏れで困ります～」の最新刊をお手に取っていただきまして、本当にありがとうございます！

皆様のおかげで、ピィちゃんも加わった前作の２巻に続きまして、３巻も執筆することができました。

エレスティアたちの物語を楽しんでいただき、そして応援いただきまして本当にありがとうございます！

ピィちゃんの鳳凰化（ちゃんとした心獣に）があった２巻、そして３巻ではエレスティアと同じ大魔法を持つ古代王が登場です！

こちら、２巻を執筆していた際、頭に浮かんでいた構想でした。

「この頭の中の妄想の光景を執筆して皆様にお届けできたら最高だなぁ……」と２巻の原稿を書きながら妄想してうふふと楽しんでおりましたので、まさかの続刊のお話をいただいた時はとても嬉しかったです。

まさかの、古代王ご本人の登場の巻でございます。

エレスティアの男版、そっくりの古代王ゾルジアも登場した本作をお楽しみいだだけましたらとってもうれしく思います！

このたびもイラストをご担当してくださいました双葉はづき先生！　素晴らしすぎる表紙イラストとフルカラーな最高の口絵まで本当にありがとうございました！

発売する7月にぴったりの明るくて美しい色合いにうっとりし、先生が描くジルヴェストとエレスティアにまた会えたことが最高に嬉しく！　またこうしてご一緒に作品を作れたことが光栄でございました！

最高の3巻に仕上げてくださいました本編の、最高な挿絵たちも、本当にありがとうございました！


本作でも担当くださいました編集者様、担当S様には心から感謝申し上げます！　3巻でも大変お世話になりました！

「実は古代王本人を出したくて……」

「えっ」

最新刊のお打ち合わせの際から驚かせてしまいましたが、エレスティアと古代王、二人のWな『絶対命令』も執筆できたことが本当にとっても嬉しくって、最高の3巻を書けました！　本当にありがとうございました！

また、本作に関わってくださった編集様や校正様やデザイナー様、営業部様、販売様、そしてたずさわってくださった皆様にも心からお礼を申し上げます。また、ご一緒できましたら嬉しいです。

そして本作をお手に取ってくださり、楽しんでくださった読者様に愛を込めて。

百門《ももかど》一新《いっしん》

引きこもり令嬢は皇妃になんてなりたくない！
〜強面皇帝の溺愛が駄々漏れで困ります〜3

2024年7月5日　初版第1刷発行

著　者　百門一新

発行人　菊地修一

発行所　スターツ出版株式会社

〒104-0031　東京都中央区京橋1-3-1　八重洲口大栄ビル7F
TEL　03-6202-0386（出版マーケティンググループ）
TEL　050-5538-5679（書店様向けご注文専用ダイヤル）
URL　https://starts-pub.jp/

印刷所　大日本印刷株式会社

ISBN　978-4-8137-9346-5　C0093　Printed in Japan

［百門一新先生へのファンレター宛先］
〒104-0031　東京都中央区京橋1-3-1　八重洲口大栄ビル7F
スターツ出版（株）　書籍編集部気付　百門一新先生

2024年夏 第二弾決定
シリーズ
好評発売中!!